LE CORSET INVISIBLE

Eliette Abécassis dans Le Livre de Poche :

Clandestin

La Dernière Tribu

Mon père

L'Or et la Cendre

Qumran

La Répudiée

Le Trésor du Temple

Un heureux événement

ELIETTE ABÉCASSIS

CAROLINE BONGRAND

Le Corset invisible

ALBIN MICHEL

ISBN : 978-2-253-12453-5 – 1re publication LGF

À Dominic Jensen.

À nos mères,

À nos sœurs.

La femme a changé. Délestée de ses jupons et de son corset, elle s'affaire à présent entre les multiples rôles que sa nouvelle vie lui assigne. Il n'y a pas si longtemps encore elle était sous la tutelle de son mari. La voilà libre, maîtresse de ses choix, célibataire, divorcée ou remariée, avec ou sans enfants, projetée dans une vie active qui lui offre à la fois de nouvelles possibilités et de nouvelles responsabilités.

Tous les progrès accomplis par la société depuis le siècle dernier semblent avoir porté leurs fruits, puisqu'ils ont véritablement changé la vie des femmes. Mais l'ont-ils réellement améliorée ?

Le temps est arrivé de faire le bilan de la condition féminine. Après les avancées voulues par le féminisme et entérinées par la loi, le temps est venu de s'interroger sur les réels progrès accomplis, et de se poser la question : la femme connaît-elle aujourd'hui une vie meilleure ?

Plus qu'hier, les femmes sont incomprises, dévalorisées. Les mères sont épuisées, culpabilisées, défaites à la fin du jour. Les femmes ne trouvent pas leur place, n'ont plus le temps, n'en peuvent plus de faire le grand écart entre le travail et la vie familiale. Plus qu'hier, elles ne se trouvent pas assez belles, elles sont affamées par les régimes. Terrifiées par leurs rides, elles vivent dans la peur de vieillir, et se replient sur elles-mêmes dans le silence de leur souffrance.

Nous avons voulu comprendre pourquoi. Pourquoi les femmes divorcées refont leur vie en 7 ans en moyenne alors qu'il n'en faut que deux aux hommes. Pourquoi la progression de leur carrière suit une courbe inférieure. Pourquoi des femmes qui se marient amoureuses se retrouvent quelques années plus tard au bord du divorce, avec des enfants en bas âge. Pourquoi beaucoup de femmes belles, intelligentes et performantes professionnellement sont seules dans la vie. Pourquoi presque toutes les femmes font des régimes, même lorsqu'elles sont minces.

Ce livre parle donc des femmes : de leur parcours quotidien, de leurs attentes, de leurs aspirations, de leurs espoirs déçus, souvent tus, de leur malaise, leur mal-être, de leurs désirs, de ce qui les rend heureuses, de ce qui remplit leur vie et aussi de ce qui la détruit, jour après jour.

Notre ambition a été de raisonner librement, sans jamais nous soucier du politiquement correct. Notre méthode emprunte aussi bien à la psychologie qu'à la sociologie, l'économie, la philosophie, la démographie, la biologie, ou l'anthropologie. Mais elle repose, avant tout, sur les témoignages de femmes, anonymes ou non, que nous avons accueillis, recueillis. Des femmes qui se sont confiées à nous dans la sincérité, la simplicité, sans pratiquer la langue de bois, qui nous ont fait confiance.

Au fur et à mesure de nos investigations, nos réunions, nos interviews et nos recherches, ont surgi une multitude de questions. Et un constat : la libération de la femme ne l'a pas libérée, elle l'a au contraire esclavagisée.

On se souvient tous de Scarlett O'Hara qui devait s'arrêter de respirer quand sa nounou lui serrait son corset, afin qu'elle ait la taille la plus fine du comté. Le corset, avec l'avènement du féminisme, a disparu de nos armoires. Aujourd'hui, notre ventre et nos mouvements sont libres, et nous pouvons respirer. Mais notre corps et notre esprit sont enfermés, comprimés, atrophiés dans un corset plus insidieux que celui des siècles précédents, parce qu'il ne se voit pas. Aujourd'hui, nous sommes dans un corset, mais un corset invisible.

Aujourd'hui, le corps de la femme est en fait contrôlé par l'épuisement à la tâche, les régimes et les nouvelles normes de beauté. Son esprit, soi-disant affranchi de la domination masculine, se trouve sous l'emprise de la société dans son ensemble, qui semble conspirer contre elle. Toutes ces règles et ces normes sont intériorisées. Plus que complice de son propre asservissement, la femme s'y soumet d'une façon impitoyable : elle est devenue son propre bourreau.

Dans une société où personne n'ose plus rien dire, où la femme ne trouve pas de lieu ni de moment pour être entendue, nous avons décidé de plonger dans le malaise féminin pour en découvrir non seulement les symptômes, mais aussi les causes.

PREMIÈRE PARTIE

Le piège du féminisme

« Elles prennent le rôle des hommes, c'est ça qui est terrible, désolant [1] » Marguerite Duras

Nos aînées ont combattu pour que nous ayons plus de droits : accès à l'éducation, droit de vote, contraception, droit à l'avortement, mise en place du congé maternité indemnisé, et plus généralement la fin de ce « problème qui n'a pas de nom », comme le disait Betty Friedan, et qui faisait que les femmes étaient cantonnées au rôle de ménagères. Le féminisme a soustrait la femme au patriarcat, au pouvoir du père ou du mari. Il l'a sortie du foyer. Partout dans la rue, nous voyons des femmes prendre le métro, travailler, gagner de l'argent. Dans notre pays, le féminisme, cette révolution nécessaire, a gagné.

Alors pourquoi ce mot est-il connoté si négativement et pourquoi provoque-t-il soit le rejet, soit l'ironie moqueuse ? L'effet qu'il produit se situe aux antipodes de ce que les féministes recherchaient ; pire, il empêche

1. Marguerite Duras et Xavière Gauthier, *Les Parleuses*, Minuit, 1974.

le dialogue. Être féministe, c'est au mieux ringard, au pire vindicatif, haineux, voire « hystérique ». Comment en est-on arrivé là ? Est-ce une énième manifestation de la misogynie toujours prompte à frapper les femmes en général, et en particulier celles qui revendiquent leurs droits ? Ou cette mauvaise réputation du féminisme tient-elle au féminisme lui-même ?

Le féminisme s'est construit « contre »

Le féminisme s'est construit contre l'homme, contre le patriarcat, contre l'ordre établi, mais aussi contre le féminin et donc contre l'identité profonde de la femme.

Le féminisme a voulu hisser la femme au niveau de l'homme. Afin de revendiquer tous les acquis masculins, le féminisme a calqué les valeurs de la femme sur celles de l'homme. En voulant défendre les droits de la femme, le féminisme a accompli cet étrange paradoxe d'imiter celui qu'il a posé comme étant son ennemi : c'est-à-dire l'homme. Or, comme l'a dit Marguerite Duras, « la soi-disant égalité est très dangereuse : il n'y a rien de pire que l'égalité qu'on demande entre les hommes et les femmes. Les femmes deviennent tout ce que sont les hommes ». C'est ce que l'on appelle « émancipation de la femme ». Le féminisme a entraîné les femmes dans une masculinisation des valeurs féminines. L'erreur théorique du féminisme est la suivante : l'homme et la femme sont semblables, donc ils doivent être égaux. Or la femme n'a pas les mêmes besoins ni les mêmes aspirations que l'homme. Si certains besoins sont communs – pour reprendre la pyramide de Maslow[1], maintien de la vie, protection, sécurité, amour, appartenance, estime de soi et réalisation de soi –, la nature différente de l'homme et de la femme fait qu'ils ont chacun des aspirations propres.

Le féminisme s'est construit contre l'homme, tout en le prenant comme modèle.

La donnée biologique : on naît femme

Quand naît-on femme ? Jusqu'à quarante jours, le fœtus est indifférencié. Pour devenir homme, le fœtus doit voir le futur utérus régresser.

Chez le fœtus animal et humain, la différenciation de l'appareil sexuel résulte de l'action de facteurs masculinisants génétiques puis hormonaux. Une hormone, l'AMH, jouerait un rôle très important non seulement dans la régression des voies génitales féminines mais dans le déroulement normal de la différenciation du testicule chez le fœtus. La différenciation sexuelle obéit à une règle fondamentale mise en évidence pour la première fois chez le fœtus de lapin par le professeur Alfred Jost en 1947. Cette règle s'applique à l'ensemble des mammifères. Les structures sexuelles de l'embryon renferment, quel que soit le sexe génétique, un programme interne de développement de type féminin. Chez le fœtus génétiquement mâle, ce programme

1. Voir page 34.

est contrecarré par des facteurs génétiques hormonaux ; chez le fœtus femelle, le développement des organes génitaux suit simplement le programme préétabli. Régine Picon, professeur à l'université Paris XII, a repris les travaux d'Alfred Jost et mis en évidence, en 1969, l'impact de l'AMH sur le processus de différenciation sexuelle. L'AMH provoque la régression des canaux de Müller qui, chez la femelle, sont à l'origine des oviductes et de l'utérus. La testostérone – l'hormone mâle produite par les testicules – vient pérenniser le processus de masculinisation du fœtus. La différenciation sexuelle intervient entre la quatrième et la cinquième semaine de gestation. Après le quarantième jour, la testostérone vient chasser le côté féminin de certains fœtus, c'est là que l'homme naît.

Avant ce quarantième jour, tous les êtres humains, même les hommes, ressemblent à des femmes.

Le cerveau est sexué : on est femme

Les dernières recherches sur le cerveau montrent qu'il est sexué. Hommes et femmes se comportent différemment face aux mêmes situations : ce ne sont pas les mêmes zones du cerveau qui interviennent chez l'un et chez l'autre.

La femme emploierait davantage l'hémisphère gauche du cerveau, réservé au langage, au raisonnement analytique et à la gestion du temps, tandis que l'homme mobiliserait davantage son hémisphère droit. On a montré également que les hommes se repèrent facilement dans l'espace : ils font preuve d'une plus grande aptitude dans les tests de rotation spatiale en trois dimensions. Les filles parleraient plus tôt que les garçons, développeraient un vocabulaire plus nuancé et seraient meilleures lectrices. En 1995, Shally Shaawith, de l'université de Yale, a montré que, pour certaines tâches linguistiques, les femmes activent les deux hémisphères alors que les hommes n'activent que le gauche. Selon elle, cette compétence serait liée aux hormones féminines, les œstrogènes, qui favorisent l'activité verbale. Par ailleurs, la femme est plus prompte à nommer les couleurs et les perçoit de façon plus subtile. Elle est dotée d'une meilleure réceptivité sensorielle, perçoit mieux que l'homme les nuances émotionnelles sur un visage.

Quant à la fameuse intuition féminine, elle est attribuée, selon la communauté scientifique, à des hormones ou à une répartition spécifique des récepteurs sensoriels. Ruben Gur, professeur au Mahoney Institute of Neurological Sciences de l'université de Pennsylvanie, estime que cette compétence provient d'une activité cérébrale toujours en alerte : au repos, le cerveau de la femme maintient quatre-vingt-dix pour cent de son activité électrique, contre soixante-dix pour cent chez l'homme, ce qui permet à celle-ci de recevoir et d'analyser les informations de l'environnement et d'en percevoir les détails.

Selon Alain Braconnier, psychiatre et auteur du *Sexe des émotions*[1], les hommes et les femmes ressentent les mêmes émotions, mais ne les expriment pas

1. Odile Jacob, 1996.

de manière identique. Les femmes parlent le langage de l'affectivité et de l'émotion, les hommes celui de l'action et de la description.

Une étude sur des textes littéraires a été menée par Moshé Koppel de l'université de Bar Ilan, Israël, afin de déterminer, par le moyen d'un logiciel, si l'auteur était un homme ou une femme. Le logiciel était capable de fournir une réponse correcte quatre fois sur cinq.

En matière de sexualité, le cerveau de la femme est également différent. Stéphane Hamann, de l'université Emory d'Atlanta, a étudié par IRM fonctionnelle l'activité du cerveau d'hommes et de femmes visualisant des images érotiques. L'encéphale des hommes est plus stimulé à la vue des images que celui des femmes. Chez la femme, ce n'est pas la vue mais l'ouïe, l'odorat et le toucher qui stimulent l'érotisme.

La femme n'a pas la même sexualité que l'homme

Les féministes égalitaristes ont nié la différenciation des sexes parce que cela revenait à hiérarchiser, c'est-à-dire à déclarer que les hommes sont supérieurs aux femmes. Selon elles, tous les êtres humains sont des individus identiques, et les différences observées dans la société sont le seul effet des rapports de domination. Toute affirmation d'une spécificité féminine les gênait car elle risquait de donner des gages à la hiérarchisation entre les sexes.

Et pourtant, la réalité est bien différente. On a montré que la femme a une sexualité dite « diffuse ». Pour avoir un rapport sexuel pleinement satisfaisant, une femme a besoin d'être impliquée émotionnellement : contrariétés et préoccupations, quelle que soit leur nature, sont un frein au désir et au plaisir. Il faut aussi savoir caresser sa psychologie si l'on veut arriver à un véritable échange. L'homme, lui, a une sexualité dite « locale ». Après l'orgasme, il a un coup de blues, la fameuse dépression post-coïtale qui déclenche chez lui la production d'une hormone d'endormissement, alors que la femme est remplie d'énergie. L'homme connaît son plein potentiel sexuel vers 20 ans. La femme, elle, expérimente la même intensité dans le désir à l'approche de la quarantaine.

La sexualité de la femme est sans doute plus étroitement et consciemment liée à la temporalité que celle de l'homme. Les menstruations lui rappellent chaque mois l'inscription du temps dans son corps et le lien entre la sexualité et l'enfantement.

La ménopause, autre détermination importante de la vie de la femme, qui intervient en moyenne à l'âge de cinquante ans, correspond à l'arrêt de l'ovulation. La progestérone, hormone chargée de préparer l'utérus à une éventuelle grossesse, n'est plus sécrétée alors que les œstrogènes continuent de l'être.

Tel est le destin sexuel de la femme, très différent de celui de l'homme, qui ne connaît ni cette inscription dans la nature ni cette inscription brutale dans le temps. La femme, bien plus que l'homme, est *chronologique*.

Le féminisme a nié la psychanalyse

Le féminisme s'est construit contre la psychanalyse en affirmant que Freud avait calqué le destin de la femme sur le destin de l'homme. Ainsi, il s'est élevé contre la théorie de l'envie du pénis qui réduit la femme à être définie par le manque de l'homme. Pour Freud, la prise de conscience de l'identité sexuelle s'opère sous le signe d'une angoisse fondamentale qui est l'angoisse de castration. La petite fille qui voit un garçon nu s'aperçoit qu'il a quelque chose en plus, et donc que cette chose lui manque. À partir de ce constat, elle sera angoissée parce qu'elle va croire qu'on lui a retiré le pénis qu'elle possédait, parce qu'elle aurait fait quelque chose de mal, et aurait ainsi été punie. Les modalités de résolution de cette angoisse vont déterminer les relations qu'elle aura avec les hommes à l'âge adulte. Comme le dit Charles Melman, « l'anatomie fait le destin ». Selon Freud, la jalousie, la rivalité, les compétitions et revendications qui sont inscrites dans la vie du couple sont le fait de cette privation originelle de la femme. Lacan va plus loin en disant que « La femme n'existe pas », ou encore « la femme n'est pas toute, donc je ne peux dire La femme (je dirai donc *La* femme) ». Ainsi il n'y a pas d'universel de la femme dans le sens où chaque femme est particulière : par exemple, la jouissance féminine, à la différence de celle de l'homme, n'est pas phallique. Elle est autre, étant liée à des modalités spécifiques, comme la maternité ou la spiritualité : l'extase des femmes mystiques en est une des expériences. L'erreur du féminisme a été de penser la différence sexuelle comme une faiblesse ou une marque d'infériorité.

Le féminisme a confisqué à l'homme son phallus

Marie-Christine Laznik, dans Rêves de femmes [1]*, sous la direction de René Frydman et Muriel Flis-Trèves.*

En tant que psychanalyste nous pourrions avancer que pour qu'un homme se permette de se dire amoureux, aille quêter une partenaire de l'autre sexe, il lui faut pouvoir se soutenir d'un phallus imaginaire dans son champ à lui, et d'un certain manque de son côté à elle. Pour une femme, c'est de viser le phallus dans le champ de l'Autre (de l'autre sexe) qui l'amène à se sentir portée vers lui. Pour cela, encore faut-il qu'elle puisse se vivre un peu manquante de ce qu'elle va aller viser dans son champ à lui. Or chez tout sujet, le phallus ne se présente que sur le mode du manque. Le sujet ne peut trouver de phallus positivé que dans le regard de l'Autre, sa compagne de l'autre sexe. C'est elle qui lui garantira qu'à ses yeux le phallus – ou plutôt un de ses avatars imaginaires – se trouve bien dans son champ à lui. Il y a là une faiblesse masculine que la féminité devine, à condition cependant

1. Odile Jacob, 2005.

qu'une femme supporte de viser le phallus dans le champ de son partenaire, ce qui suppose qu'elle s'en reconnaisse manquante. Si, sur le plan intellectuel, les deux partenaires ont la même puissance phallique, ce n'est pas là que jouera la dissymétrie. Voilà sans doute pourquoi les couples formés par un grand professeur et sa jeune élève, émerveillée, fonctionnent plutôt bien. Il peut arriver qu'une femme ait des difficultés à signifier à son conjoint qu'à ses yeux il en a, du phallus : son indépendance financière à elle ôte à l'argent du mari la valeur d'un phallus imaginaire dont il serait nanti et dont elle serait manquante. Dans les générations précédentes, les mères des actuelles quinquagénaires ne travaillaient pas, ce qui garantissait une dissymétrie.

Le féminisme a fait miroiter à la femme qu'elle pouvait être l'égale de l'homme. Et du point de vue strictement social, professionnel, financier, elle le peut. Ses compétences, si elles ne sont pas toujours valorisées dans le monde du travail, donnent lieu à de belles réussites. Même si seulement vingt-quatre pour cent des patrons sont des femmes, plus personne ne doute de l'intelligence de la femme ni de sa capacité à travailler, à diriger et à créer des richesses. De plus en plus, la femme incarne la réussite sociale. Pour mener à bien son indépendance et jouir d'une pleine réalisation de ses capacités intellectuelles et créatives, la femme s'est donné tous les moyens. Elle a pris de l'assurance et elle a pris le pouvoir. Mais cela se retourne contre elle de façon violente, car elle est devenue, par ce pouvoir, sa position sociale, son argent et sa réussite, une femme phallique. Et cela n'intéresse guère les hommes qui ne cherchent pas le phallus chez l'autre. Le féminisme, en prenant ce pouvoir phallique aux hommes pour le donner aux femmes, a tué le désir de l'homme pour la femme, et même parfois celui de la femme pour l'homme. Le pouvoir et l'argent qu'elle gagne lui procurent le phallus qui lui manquait. Mais ce que l'homme recherche n'est pas un phallus rival : c'est un lieu où son phallus sera valorisé, acclamé, où il sera désiré. Cela explique pourquoi, lorsque la femme est en progression de carrière, l'homme se détache souvent d'elle pour aller vers une femme plus jeune, plus inexpérimentée, qui a pour fonction de lui rendre son phallus.

Le féminisme ou le déni de la femme

La Femme entière[1], Germaine Greer.

Il est une nouvelle race de femmes sur terre : femmes musclées avec des pectoraux aussi forts que ceux des hommes, femmes coureurs de marathons avec une musculature aussi forte que celle d'un homme, femmes administrateurs avec autant de pouvoir qu'un homme, femmes payant des pensions alimentaires et femmes à qui l'on paye des pensions alimentaires ; lesbiennes déclarées qui exigent le droit de se marier et d'avoir des

1. Plon, 2002.

enfants par insémination artificielle, hommes qui se mutilent et à qui l'on donne des passeports en tant que femmes, prostituées qui sont dans des organisations hautement visibles. Femmes armées au front des armées les plus puissantes de la terre. Colonels avec du rouge à lèvres et du vernis à ongles. Femmes qui écrivent des livres au sujet de leurs conquêtes sexuelles, avec des noms et en décrivant des positions précises, taille des membres, etc. Aucun de ces phénomènes n'a été observé il y a vingt ans.

Le féminisme est bâti sur un déni et non le moindre : celui de la femme.

Bien sûr, la féminité, dans une certaine mesure, se construit socialement. On offre des poupées aux filles et des épées ou des voitures aux garçons. On déguise les petites filles en princesses et les petits garçons en pirates. On éduque les filles en fonction d'une vie qui se déroulerait à l'intérieur du foyer conjugal, alors qu'on se fonde pour les garçons sur des valeurs sociales comme le travail, la compétition, la conquête, l'argent. Il suffit de se promener au rayon Jouets d'un grand magasin pour constater qu'aujourd'hui encore on élève les petites filles pour en faire de parfaites ménagères et les petits garçons des petits guerriers. Cuisinières, mini-Caddies, aspirateurs, lave-linge, micro-ondes, pouponnières, petits landaus, tables à changer, mini-baignoires, chaises hautes pour donner à manger aux poupons en plastique font la joie des rayons de jouets dévolus aux fillettes. Même les grandes marques d'électroménager se sont mises à fabriquer des modèles miniatures, destinés aux petites filles. Mais cela signifie-t-il pour autant que l'identité féminine soit une fabrication de la société ?

Si la psychologie de la femme peut différer selon l'âge, la catégorie socioprofessionnelle, la situation familiale, elle présente pourtant des constantes. Elle enfante, et cela fait toute la différence. Le mythe biblique ne s'y est pas trompé lorsqu'il a défini la femme par deux malédictions après qu'elle a été chassée du paradis : l'enfantement dans la douleur et le fait d'être en quête de l'homme. Ce besoin d'un autre est au cœur de sa psychologie : on en verra plus tard toutes les répercussions. Économiquement également, du fait de la maternité, les femmes ont des parcours que les économistes et sociologues reconnaissent comme spécifiques.

La femme est la première victime du féminisme

Parce que le féminisme a pensé l'évolution de la femme sur le modèle de l'homme, la femme se retrouve confrontée à la difficulté de devoir mener deux vies juxtaposées : une vie de femme et une vie d'homme.

D'une part, elle est toujours la garante du foyer, l'éducatrice, celle qui fait les courses, le ménage, s'occupe du linge, des devoirs scolaires, de la communication avec les enfants, de leurs besoins, de l'intendance. Elle court de son domicile à l'école, la garderie ou la crèche, puis se rend à son travail. Le soir, elle effectue ce même trajet dans l'autre sens.

D'autre part, elle travaille et mène une vie professionnelle prenante, quels que soient son niveau, son poste et son salaire. Elle doit être immédiatement opérationnelle et compétente dès l'instant où elle pose le pied dans son environnement professionnel. Si elle a subi une contrariété familiale ou personnelle, celle-ci ne doit pas apparaître. Même si certains employeurs ou collègues se montrent compréhensifs, elle sait qu'on ne lui pardonnera aucun manquement à ses devoirs de salariée.

Bien entendu, le travail n'est pas une aliénation. Il est vécu par une vaste majorité de femmes comme un réel épanouissement, l'opportunité de se réaliser, de tisser un autre lien social que celui qui prend son origine dans la cellule familiale, et l'autonomie financière qu'il permet est, pour toutes, capitale. Mais l'accumulation des deux rôles – travail et foyer – fait peser sur elles une charge trop lourde, et les plonge dans un réel désarroi.

La femme a perdu l'espace réservé à sa féminité, à son désir, à soi. Prise en tenaille entre sa vie professionnelle et sa vie de mère, pressurisée au maximum, elle subit une double aliénation. Sa vie se partage entre le foyer, la maternité et le travail.

L'avènement des femmes épuisées

Partout, tout le temps, la femme s'épuise. La femme

mariée avec enfants qui travaille, la femme divorcée avec enfants, la femme au foyer : que vivent-elles vraiment ?

La femme vivant en couple, avec enfants, qui travaille : les assiettes chinoises

Si la femme n'a pas les moyens financiers de se faire aider, sa vie est une perpétuelle course contre la montre. Tel l'acrobate qui veut faire tourner simultanément quatre assiettes posées sur quatre longues tiges, et court de l'une à l'autre, sachant que si son attention faiblit sur l'une des tiges, le mouvement sera altéré et l'assiette tombera et se cassera, cette femme court, du matin tôt jusqu'au soir, tard. Sa vie, sous la forme d'une liste de tâches à accomplir, est digne du mythe de Sisyphe. Elle se réveille aux aurores, prépare le petit déjeuner des enfants avant de les réveiller, les habille s'ils sont petits, profite de ce moment où ils sont assis pour parler avec eux, puis réveille éventuellement son mari. Selon leur âge, elle emmène les enfants à la crèche, la garderie, la maternelle ou l'école primaire. Elle file à son travail. Quand arrive la fin de la journée, alors que, pour son compagnon, tout s'achève, pour elle tout recommence. Faire les courses, récupérer les enfants, les aider à faire leurs devoirs, leur donner le bain, préparer le dîner, s'occuper de l'intendance de la maison, dîner, nettoyer. Il y a tant à faire que le mari ne peut que passer en dernier. Lui-même devient alors le énième item de la liste. L'accumulation de tâches à accomplir, chaque jour, est vertigineuse. Cette vie frénétique est un enfer mais la femme n'a pas le temps d'y penser, car chaque minute compte.

Elle a peu d'amis, puisqu'elle n'a jamais le temps de les voir. Elle sort peu : dès qu'elle a un instant, elle en profite pour se reposer. Son mari qui en a assez de la voir énervée, épuisée, avec une libido exténuée, les cheveux ramassés dans une grosse pince, ne reconnaît plus dans cette virago dépressive la femme séduisante et gaie qu'il a épousée naguère.

Le signe annonciateur de la fin du couple : la pince à cheveux

Regardons-la un instant. Rose fluo, beige, d'une couleur criarde, laide, d'une forme improbable qui la fait ressembler à une mâchoire de dinosaure ou à un vagin denté. La pince est pratique car elle permet de retenir les cheveux en arrière pour s'occuper du ménage ou des enfants. Le problème c'est qu'une fois ces activités terminées, la femme ne l'enlève pas : cela signifie qu'il ne reste plus en elle que ses activités ménagères et sa vie de mère. Que dit la pince à l'homme ? Elle dit que la femme est épuisée, qu'elle n'a plus de désir, d'énergie, ni même d'envie de plaire. Pourquoi ? Parce qu'elle lui en veut de la laisser tout faire et tout porter, et elle le lui fait payer en lui offrant cette image de laisser-aller. La pince, annonciatrice de la fin du couple, est le symbole de la condition de la femme moderne en tant que mère de famille dépassée, femme seule, chez elle, ou femme divorcée. C'est l'ultime acte de rébellion contre toutes les attentes, trop lourdes, que la société a d'elle.

La femme divorcée avec enfants : marche ou crève

Entretien avec Isabelle, trente-trois ans.

J'avais peur de tout. J'avais lu dans un magazine que plus de soixante-dix pour cent des enfants de divorcés avaient des problèmes de scolarité, j'étais mortifiée à l'idée que mes enfants qui avaient trois et six ans payent de leur avenir la décision que j'avais eue de quitter leur père. J'avais peur que ma vie professionnelle que je recommençais ne me permette pas de leur offrir des vacances, ou de leur consacrer du temps pour m'occuper d'eux comme avant. J'étais jugée par tout le monde. Un jour où je m'ouvrais à quelqu'un de ma famille de la difficulté de reconstruire ma vie pour moi et donc pour eux, cette personne m'a répondu : « Enfin, ce divorce, c'est quand même toi qui l'as voulu ! » J'ai été culpabilisée à l'école de mes enfants. J'habitais loin de l'école, j'arrivais en retard, j'avais droit à des regards qui exprimaient une condamnation, j'avais l'impression d'être prise pour une folle. J'ai compris qu'être une femme divorcée, c'était la lie. Un jour, la maîtresse d'un de mes enfants m'a convoquée pour me dire que mon enfant ne jouait pas, ne riait pas. Elle m'a dit que je n'avais pas le droit de lui gâcher son enfance, que je devais me débrouiller pour ne jamais pleurer devant lui, et que je n'avais pas une attitude de mère. J'étais dévastée par la culpabilité. Mon ex-mari me faisait sentir que je n'étais pas une bonne mère. Comme on vivait dans un petit appartement, lorsque je pleurais, mes enfants l'entendaient. J'ai été voir mon généraliste, qui m'a rassurée en me disant : « Ce n'est pas grave si vos enfants vous voient pleurer, ainsi ils savent que la vie n'est pas toujours facile. »

À moins d'avoir obtenu une pension alimentaire suffisante et que cette pension soit payée tous les mois – ce qui n'est pas toujours le cas –, la femme divorcée se retrouve dans une situation compliquée autant psychologiquement que matériellement. Matériellement, elle a perdu le sentiment de sécurité si cher à Maslow et préalable à toute forme de progrès. Dans sa vie, rien n'est établi, rien n'est sûr, le sol peut se dérober sous ses pieds à tout moment, elle vit en permanence sur une zone sismique. Quand c'est la femme qui part, le déménagement a été la première fracture matérielle tangible. Elle se retrouve dans un espace plus petit que celui dans lequel elle vivait avec son mari, avant son divorce. Tout est littéralement à refaire, à recréer. Cela peut aller de la simple installation d'une ligne téléphonique à l'achat d'une machine à laver. Le coût financier d'une telle opération est gigantesque. Tout à coup, il manque tout, elle recommence sa vie de zéro, et elle est seule pour le faire. Ce déménagement est une source de complications logistiques, par rapport aux crèches, garderies, écoles, collèges, lycées, car elle ne veut pas qu'au traumatisme du divorce s'ajoute, pour les enfants, celui d'être séparés de leurs amis et perturbés en milieu d'année scolaire. Modifier un trajet par rapport à son lieu de travail n'est peut-être pas significatif dans un milieu urbain où abondent métros, bus et tramway. Mais hors des villes, où l'on ne bénéficie pas de transports en commun nombreux, l'organisation est très compliquée. Certaines femmes doivent parcourir de longues distances à pied pour prendre le bon bus qui les emmènera, à l'heure, à ce travail qu'elles souhaitent conserver car il est l'unique clé de leur survie. Non seulement parce qu'il est absolument vital financièrement, mais également parce que la vie professionnelle offre un lieu de socialisation et d'interaction humaine. C'est un des rares espaces où la femme divorcée a encore une existence sociale, à un moment où elle se trouve privée de son appartenance à son ancienne cellule, le couple.

La femme divorcée avec enfants sait que sa vie est potentiellement ou effectivement précaire, tout en étant consciente qu'il est impératif qu'elle donne un sentiment de sécurité à ses enfants. Ce qui la pousse à une sorte de schizophrénie entre le visage souriant qu'elle leur offre, l'esprit positif qu'elle se doit de conserver dans le cadre de son travail, et sa détresse intérieure. Elle est seule, chaque jour, à assumer le coût de la vie, et à faire face aux demandes matérielles et émotionnelles de ses enfants. Elle ne compte pas les efforts pour qu'ils ne souffrent pas de cette nouvelle situation. Elle s'y consacre entièrement. Dans l'amour qu'elle éprouve pour ses enfants, et dans l'amour qu'ils lui donnent, elle puise la force qui lui permet de se lever chaque matin. Mais elle s'épuise, car elle sait qu'elle avance sans filet de sécurité. Elle a peur pour ses enfants, et pour son avenir à elle car elle est leur protection. Ce mélange d'amour et de panique la vide de sa substance. Son immense vulnérabilité est compensée par un instinct de survie qui fait d'elle une guerrière. Elle met de côté ses sentiments, ses sensations, son corps. Elle avance. Il y a bien un moment où la vie sera moins difficile, pense-t-elle. Elle avance en espérant que, malgré ses pas de fourmi, elle parviendra à son but premier : retrouver un sentiment de sécurité. Cela ne tient désormais qu'à elle, elle le sait. Sous cette pression inhumaine, elle devient sacrificielle.

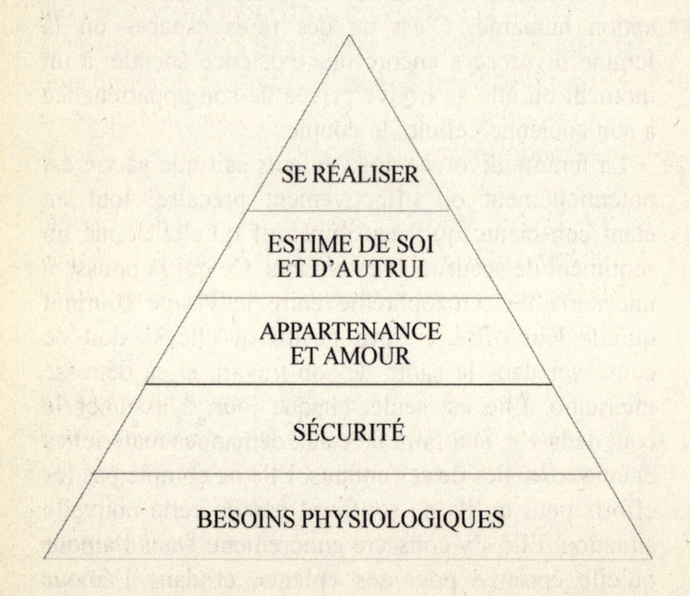

La pyramide de Maslow

La pyramide des besoins a été inventée par le psychologue américain Abraham Maslow, inventeur de la « théorie de la motivation humaine » en 1943.

Selon Maslow, l'être humain se caractérise par cinq types de besoins, qu'il cherche à satisfaire successivement : à mesure qu'un niveau est comblé, il peut passer au niveau supérieur. Lorsqu'un niveau de besoin n'est pas comblé, cela empêche l'homme d'envisager de progresser. Par exemple, quelqu'un qui a le souci de trouver un logement ou de se nourrir ne peut pas penser à sa réalisation personnelle. Coincés à son niveau, son esprit et son énergie sont mobilisés à résoudre ce problème.

1) Les besoins physiologiques sont ceux de l'homéostasie, nécessaires à la survie : boire, manger, dormir, maintenir une température constante, etc.

2) Les besoins de sécurité comprennent la sécurité d'un logement, celle des revenus, ainsi que la sécurité physique.

3) Les besoins d'appartenance et d'amour : appartenance à un groupe, socialisation, besoin de reconnaissance et de considération.

4) Les besoins d'estime. Maslow parle d'un besoin d'estime inférieur, et d'un besoin d'estime supérieur. L'inférieur est le besoin de se sentir respecté par les autres. C'est le besoin de statut, reconnaissance, réputation, dignité. La forme supérieure du besoin d'estime comprend le respect de soi-même, la confiance en soi, la compétence, le sentiment de maîtrise, le sentiment d'accomplissement, l'indépendance et la liberté.

Ces quatre premiers niveaux sont qualifiés par Abraham Maslow de « D-needs » ou « deficit needs » – besoins découlant d'un déficit : la motivation est déterminée par le manque.

5) Le cinquième niveau, lui, n'est déterminé par aucun manque. C'est celui des besoins « positifs », motivés par un besoin de développement personnel. Il s'agit de réaliser son potentiel, d'être soi-même. Selon les mots de Maslow, « be all you can be » : soyez tout ce que vous pouvez être.

La mère au foyer : la soldate inconnue

Aux yeux de la société, celle qui choisit la vie familiale est au mieux une planquée, au pire une incapable.

C'est pourquoi la femme au foyer porte la culpabilité permanente de ne pas être créatrice de richesses. Ce n'est pas elle qui fait bouillir la marmite ; c'est l'argent de son mari qu'elle dépense. À cause de cette culpabilité, elle en fait trois fois plus que nécessaire dans la maison et se jette dans une quête éperdue de perfection afin de se faire pardonner sa non-productivité apparente. Le regard que la société pose sur son existence fait peser sur elle un degré d'exigence impitoyable. Rien ne lui sera pardonné. Son travail, qu'il concerne les enfants, le ménage, l'organisation de la maison, la planification des vacances, ne sera jamais ni reconnu ni valorisé. Elle est chauffeur, cuisinière, femme de ménage, secrétaire, répétitrice pour ses enfants. Elle n'a pas d'excuse pour ne pas être belle et disponible le soir. Elle est en quelque sorte la femme idéale : « cordon-bleu dans la cuisine, sainte dans le salon et avec les enfants, pute dans la chambre ». Et pourtant, une femme qui ne travaille pas n'est pas respectée. On la sait incapable de partir, car elle est inféodée au mari financièrement. Si son mari se désintéresse d'elle à la cinquantaine, au moment où les enfants quittent eux aussi la maison, elle se demande ce qu'elle a fait de sa vie.

Même si elles font face, le quotidien des femmes est difficile. L'idéal est que l'homme qui partage leur vie, lorsqu'elles en ont un, puisse les aider. Hélas, la plupart des hommes ne prennent pas la mesure de ce que les femmes vivent.

Mariées, divorcées, travaillant ou non, les femmes participent à un jeu perdu d'avance.

La place de l'homme

Le féminisme radical a mené une guerre impitoyable contre l'homme. Il a proclamé l'indépendance sexuelle de la femme et, selon l'expression de Germaine Greer, « le droit de rejeter la pénétration par le membre masculin ». La liberté d'être une personne avec « la dignité, l'intégrité, la passion, la fierté qui constituent la personne » correspondait pour les féministes au fait de rejeter l'homme comme l'oppresseur, la source de tous les problèmes de la femme.

Pour ces féministes, tout était donc la faute de l'homme. Le féminisme n'a cessé d'affirmer que la femme n'avait pas besoin de l'homme, qu'elle pouvait se passer de lui sur tous les plans, émotionnel, financier, sexuel. Il a fait voler en éclats toutes les mythologies sur lesquelles notre monde est bâti, et qui sont, selon ces théoriciennes, des mythologies masculines : le mythe de la jeune fille amoureuse, du mari comme tuteur moral, de la femme comme objet du fantasme masculin, le mythe de l'amour et du mariage de la classe moyenne, le mythe de la famille, et le paradigme chrétien de la famille nucléaire, calquée sur la structure de l'État, avec le père comme roi-président qui règne sur ses sujets, le mythe de la sécurité, etc.

Le résultat c'est que les hommes ne trouvent plus leur place, ne savent plus comment se comporter avec les femmes, et que les femmes sont déçues par l'homme déconstruit par le féminisme. Comme le dit Deborah, trente-six ans : « Les hommes sont tellement nuls, on serait tentées de vouloir s'en passer. Pourtant, on a besoin d'eux, de leurs regards, de leurs caresses, de se retrouver au lit avec eux, d'être amoureuses, mais vraiment, quand on voit leur mesquinerie, on a envie d'y renoncer. Le plus dingue c'est leur égoïsme. La solution, c'est de les prendre comme ils sont, en acceptant une fois pour toutes le fait qu'ils ne seront pas à la hauteur. »

Égoïstes, lâches, irresponsables : plus que jamais c'est ce qui revient dans le discours des femmes concernant les hommes. Elles se plaignent de leur incapacité à se mettre à la place de la femme, de leur absence d'empathie, de volonté de communiquer. Elles leur reprochent de ne s'intéresser qu'à eux-mêmes, de ne pas être ouverts au véritable dialogue, d'être dans le ludique et dans l'ego.

Les hommes composent mal avec le fait que les femmes savent ce qu'elles veulent. Ils se sentent des proies. Il y a désormais une sorte de paranoïa masculine : les hommes craignent d'être utilisés, de devenir hommes-objets pour des femmes toutes-puissantes. Ils sont persuadés qu'elles en veulent à leur nom de famille, à leurs spermatozoïdes ou à leur argent, et il est capital pour leur survie qu'ils s'en méfient, qu'ils s'en protègent. Quand elles ont vingt ans, il est trop tôt pour qu'ils s'engagent. Quand elles en ont trente, elles veulent se marier et faire des enfants, et ça les angoisse. Quand elles ont trente-cinq ans, ils craignent qu'elles ne veuillent les quitter. Quand elles ont cinquante ans et qu'ils s'en vont avec une autre, ils redoutent qu'elles leur prennent leur argent.

Leur combat à eux peut se résumer à trouver les moyens de maintenir la femme vorace à distance.

Désormais, le malentendu est fatal : la femme est l'ennemie omnipotente. « De toute façon elles n'ont pas besoin de nous. Qu'est-ce qu'on peut leur apporter ? Elles ont tout. » Cette réaction de Paul M., quarante-six ans, montre bien l'ampleur des dégâts.

Les deux fils du féminisme

Deux grands profils ont émergé de la révolution féministe : le gynékiller, et le gynésupporter.

Le gynékiller

Le macho ayant été sabordé par le féminisme, il s'est réincarné sous les traits du gynékiller. Ce qui le différencie du macho du siècle dernier, c'est qu'il n'assume pas du tout sa volonté de domination du « sexe faible ». Il se présente donc comme quelqu'un de viril mais de normalement progressiste. Aimant les femmes, aimant être un homme, il a les bons côtés du macho : rassurant, charmant, romantique dans la phase d'approche, mais cette assurance diablement érotique cache une fêlure dangereuse pour la femme. En effet, le gynékiller est animé d'une véritable volonté de destruction, dont il n'est probablement même pas conscient. Il n'est pas sûr de sa virilité et, au fond de lui, il n'apprécie pas du tout que celle-ci soit déstabilisée, ni même seulement bousculée. C'est la raison pour laquelle il cherche à exercer son pouvoir, par le sadisme, la violence, la perversion. Pour soumettre la femme, il a besoin de l'humilier, dans le cadre du couple ou dans celui du travail.

Sa cible de choix est celle, facile, qui est déjà dans une situation de vulnérabilité – soit qu'elle vive avec lui et l'aime, ou encore qu'elle soit dépendante de lui financièrement, ou travaille dans son service, sous ses ordres. Mais celle qu'il aimerait bien « recadrer », c'est la femme qui s'affiche comme épanouie professionnellement, libérée et affranchie, celle qui réussit, celle qui l'égale par ses compétences, ou peut potentiellement le dépasser.

Si les femmes ne parviennent toujours pas, à compétences égales et poste égal, à obtenir le même salaire que l'homme, n'est-ce pas que le monde du travail fourmille de gynékillers qui ne peuvent tolérer une mise à niveau égalitaire ?

Le gynésupporter

Il aime les femmes, mais, sûr de sa virilité, il n'y voit aucune menace. Au contraire, il considère la femme comme une partenaire de choix, une excellente compagne. Il reconnaît ses qualités et les apprécie. Pour lui, la femme est une chance pour l'homme, pour le monde du travail, pour la société, pour l'avenir. Il est favorable à ce que la femme se développe, s'épanouisse car il se sent protégé par elle et non pas menacé. Le risque, c'est qu'il se mette à voir la femme forte comme sa mère, et du coup cherche à se faire materner par elle, voire à être dominé par elle, ce qui est pour lui très rassurant. Il accepte que la femme réussisse dans tous les domaines car, si elle réussit, elle sera mieux à même de le materner. Pour lui, une femme intelligente, loin d'être une menace, est une femme encore plus douée pour répondre à ses problèmes à lui.

Le gynésupporter est un atout pour la femme. C'est lui qui va se battre pour qu'elle obtienne sa promotion au sein de l'entreprise. Il la soutient dans ses ambitions. Il l'encourage, est fier d'elle. Il est son plus fervent admirateur. C'est le mari idéal, qui participe aux courses, à toute l'organisation, qui dépose les enfants ou va les chercher afin de soulager sa femme, au moins à tour de rôle. C'est un homme formidable. À mi-chemin entre le fils qui porte un amour inconditionnel à sa mère et le meilleur ami compréhensif, il marche sur un fil. S'il pousse le zèle trop loin, il perd son charisme sexuel.

Une féminité débordante

La féminité, assassinée par les féministes dans toutes ses dimensions, revient sous une forme caricaturale, tournée en dérision par les *drag queens*, sortes de déesses féminines effrayantes de notre temps.

La femme de l'ère post-féministe évoque ces déesses toutes-puissantes, images de la terreur de l'homme face à la féminité dans le monde antique : Koudchou, la déesse cananéenne, Freya dans le mythe danois, la Déesse-Mère de Mycènes portant un enfant dans les bras. C'est la peur du retour aux institutions gynécocratiques qui existaient dans les mythes du premier âge de l'humanité.

Or l'histoire nous enseigne que le servage de l'homme s'est mué en mépris et en crainte devant la femme. La femme toute-puissante rappelle la mère de qui dépend la vie de l'enfant, qui est pour lui à la fois la source de sa jouissance et certainement le point de départ de sa vie sexuelle, mais aussi celle qui peut retirer ce qu'elle accorde. C'est pourquoi la femme toute-puissante est à la fois vénérée et haïe par l'homme. La femme d'après le féminisme rappelle à l'homme la mère qui l'a mis au monde, la femme omnipotente de laquelle dépend sa survie, qui suscite à la fois l'amour et l'épouvante.

L'interruption de grossesse : volontaire ?

> *Art. 1er. – La loi garantit le respect de tout être humain dès le commencement de la vie. Il ne saurait être porté atteinte à ce principe qu'en cas de nécessité et selon les conditions définies par la présente loi.*
>
> *Loi Veil*

L'une des plus grandes fiertés du féminisme est d'offrir la possibilité à celle qui donne la vie de choisir de ne pas la donner.

La loi Veil, promulguée le 17 janvier 1975, a constitué l'une des révolutions les plus importantes du combat féministe parce qu'elle visait à protéger les femmes en détresse, et parce qu'elle mettait fin à l'atroce souffrance physique des femmes obligées d'avorter d'une façon clandestine, au risque d'y perdre la vie. Le fait qu'une femme aussi exceptionnelle que Simone Veil défende cette idée signifiait que l'avortement était un acte humaniste. Et en effet il l'était, en ce qu'il libérait les femmes du poids d'une grossesse non désirée ou qui ne pouvait être assumée.

Cependant, il existe un fossé entre la loi et le vécu de son application. L'avortement, pour être un progrès, n'en est pas moins une épreuve terrible pour beaucoup de femmes qui vivent parfois une souffrance physique et morale indicible parce que taboue. Il faudrait une véritable prise en charge psychologique de cet acte qui est vécu pour beaucoup de femmes sur le mode de la culpabilité. « Ce que j'avortais, ce n'était pas le fœtus, c'était moi. C'était mon essence féminine. C'est pas juste un truc en toi qu'on te retire, c'est une partie de toi qui part avec », dit Frédérique L., trente-cinq ans. « J'ai eu l'impression d'avoir commis un infanticide », dit Stéphanie B.

La raison pour laquelle certains avortements surviennent tardivement est certainement l'attachement irréversible à l'être porté. Certaines vont même jusqu'à donner un nom, et fêter l'anniversaire virtuel du bébé qui n'est pas né. D'autres plongent dans une dépression dont elles sortent difficilement.

Par ailleurs, il semblerait que les femmes, surtout à partir de l'âge de 30 ans, aient tendance à oublier de prendre leur pilule. Les oublis de pilule sont, à eux tout seuls, responsables de 20 000 avortements par an. Ces « oublis » ne trahissent-ils pas le désir de ces femmes d'avoir un enfant malgré toutes les rationalisations personnelles ou sociales : est-ce que mon couple est assez fort, est-ce que j'ai les moyens d'assumer cet enfant pour qu'il puisse être heureux, est-ce que mon compagnon est prêt pour cette naissance ?

Dans tous les cas, c'est la femme et elle seule qui assume l'avortement et ses conséquences. L'avortement est l'exemple même du corset invisible qui emprisonne les femmes dans leur libération. Si le progrès est indéniable, puisqu'un avortement médicalisé est moins dangereux que l'étaient autrefois les avortements clandestins, la souffrance psychique demeure pour les femmes. En ce sens, l'avortement fait partie de ce qu'on appelle la libération de la femme, qui est en fait une libération de l'homme puisque celui-ci n'en subit ni les conséquences physiques, ni les conséquences psychologiques tout en étant libéré du poids d'un enfant qu'il ne veut pas avoir.

Un enfant quand je veux, si je veux ?

Une révolution considérable a eu lieu concernant la conception et l'origine de la vie, depuis les années soixante-dix. La contraception, l'avortement, la fécondation *in vitro* ont radicalement changé le rapport des femmes à la naissance. Désormais, comme le dit René Frydman, gynécologue, père du premier bébé éprouvette français, les femmes sont « décisionnaires ». Lorsqu'on lui demande pourquoi il a choisi cette spécialité, il répond : « Il y a eu une rencontre entre ma génération et moi-même, avec un envol dû à la société. Je suis arrivé à un moment où la médecine changeait et entrait dans la qualité de la vie avec la contraception, l'IVG, etc. J'ai été partie prenante des transformations de la société : c'était une nouvelle donne, la condition de la femme était en train de changer, il y avait une modification du rapport masculin-féminin, en rapport avec la femme et le couple. Les années soixante-dix, avec l'amniosynthèse, l'échographie, la péridurale, ont été des années à étapes. C'était enthousiasmant de pouvoir apporter des innovations qui s'adaptaient aux souhaits d'une société en pleine mutation. »

En effet, la contraception a été une révolution pour les femmes qui, pour la première fois dans l'histoire humaine, ont pu faire le choix d'avoir ou pas un enfant. Mais, avec la liberté de choix est survenue, à la fin des années soixante-dix, « une panique soudaine de stérilité », comme le dit Yvonne Knibiehler[1] : « La pilule permettait aux jeunes femmes de retarder les naissances, parfois trop : quand elles se décidaient à devenir mères, c'était trop tard. » Or, la contraception a créé l'illusion d'une maîtrise absolue. Mais si l'enfant ne vient pas, les femmes crient au scandale : « Les victimes exigent réparation. Elles passent du désir subjectif à une demande de plus en plus pressante. Le corps médical vole à leur secours, car il escompte des bénéfices personnels : d'abord, bien sûr, la satisfaction des patientes et leur gratitude, mais aussi le progrès de la science, la notoriété personnelle et même le profit financier. Leur zèle élève le désir d'enfant au rang

1. Dans « Femmes et bioéthique : l'assistance médicale à la procréation. L'AMP en question », colloque du 5 avril 2001.

d'une exigence sacrée. Au seuil des années quatre-vingt, la fécondation *in vitro* (FIV), prouesse technique, a fait l'objet d'une prodigieuse valorisation médiatique. »

Les femmes qu'on avait dites stériles ont repris espoir. Les services hospitaliers se sont retrouvés pris d'assaut, les listes d'attente sont de plus en plus longues, imposant des délais de plus en plus considérables, jusqu'à plusieurs années. Celles qui s'engagent donnent l'impression de ne pas connaître de limites. Les femmes peuvent aller jusqu'à plus de vingt tentatives d'insémination – même si chaque intervention est lourde, risquée, aléatoire. « Même si mes chances de tomber enceinte sont absolument minimes, je veux essayer », dit l'une d'entre elles. Le désir s'exprime bientôt comme un « droit à l'enfant ».

Le mythe des grossesses tardives

Ces révolutions médicales sont allées de pair avec la révolution des mœurs consacrée par la formule : « Un enfant, quand je veux, si je veux. » Ce slogan féministe a peu à peu dérivé vers une nouvelle illusion : la certitude d'avoir son premier enfant à quarante ans. Or, les femmes ne peuvent pas faire un enfant, quand elles veulent, si elles veulent. Les gynécologues et les obstétriciens sont malheureusement tous d'accord sur ce point. Comme le note également René Frydman, il y a un « réveil autour de la quarantaine, où le désir d'enfant, qui est un désir intérieur et non l'effet du climat ambiant, devient une force irrépressible et qui va à l'encontre du climat médical qui dit qu'il faut avoir des enfants jeunes ». Il souligne que le premier enfant arrivant en moyenne à l'âge de vingt-neuf ou trente ans pour la femme change la donne, car la fécondité ne cesse de décroître avec l'âge. Pour Charles Tibi, gynécologue et spécialiste de la stérilité, la grossesse tardive est une illusion entretenue par la presse féminine, qui cause des dégâts terribles chez les femmes puisque celles-ci s'attendent à avoir des jumeaux à quarante-sept ans après une grossesse radieuse comme Holly Hunter ou Marcia Cross [1]. Cette illusion conforte les femmes dans l'idée qu'elles peuvent attendre d'avoir au moins l'âge de trente-cinq ans pour envisager une première grossesse. Elles croient donc qu'elles peuvent tranquillement mener leur première vie – professionnelle – puisque leur deuxième vie de mère les attend ensuite. Mais souvent, il est trop tard. Les femmes qui ne parviennent pas à produire d'ovocytes doivent recourir aux ovules de jeunes donneuses. Ainsi donc, on ne fait pas « ce qu'on veut » de son corps, la réalité biologique existe et elle est indéniable. Selon Charles Tibi, « l'aliénation par le travail et la publicité pour les grossesses tardives mettent un brouillard devant les yeux de ces femmes qui ont tendance pour des raisons professionnelles à retarder le moment de faire un bébé ».

1. Bree Van De Kemp dans la série télévisée *Desperate Housewives*.

Interview de Muriel Flis-Trèves,
Psychiatre-psychanalyste au service maternité de l'hôpital Béclère, service dirigé par le Pr René Frydman.

Y a-t-il une augmentation de la stérilité ?

Il y a plus de MST (maladies sexuellement transmissibles), plus de rapports sexuels avec différents partenaires, d'infections, de tabagisme et aussi plus d'inquiétudes. Les femmes s'angoissent plus rapidement si l'enfant n'arrive pas aussi vite qu'elles le veulent. Elles font des enfants plus tard qu'avant, car elles étudient et veulent avoir un métier. Au bout de quelques mois, si la grossesse ne survient pas alors qu'elles l'ont décidé, la plupart des femmes s'inquiètent. Au bout de 3 à 6 mois, elles pensent déjà qu'elles pourraient être stériles. Ceci est engendré aussi par le fait que les femmes prenant la pilule pensent qu'il suffit de l'arrêter pour tomber enceinte, or ce n'est pas le cas, et c'est pour elles toujours une surprise. Des inquiétudes psychologiques liées à cette attente engendrent des conduites obsessionnelles qui peuvent retarder la conception de l'enfant.

Quel est l'état psychologique de la femme stérile ?

Quand une femme ne parvient pas à réaliser son désir d'enfant, cela devient un tracas qui envahit toute sa vie et une idée fixe insupportable. Elle se remet en question : « Si je ne suis pas mère, je ne suis pas une vraie femme. »

Le bébé d'aujourd'hui, tel qu'il est montré dans les médias, pourrait prendre l'allure d'un fétiche, dans des magazines qui se font le miroir de toutes ces actrices-mamans, bébés aux bras. Le bébé serait-il devenu un must-have *au même titre qu'un accessoire de marque ? Les actrices en photo des magazines en feraient même un attribut de la féminité.*

Certaines disent que si elles ont un bébé, celui-ci va les rendre femmes, et qu'a contrario, si elles n'en ont pas, elles resteront définitivement des enfants. La publicité autour de la maternité, ces derniers temps, en a fait la plus belle aventure qui soit pour une femme. « On ne peut pas s'épanouir si on n'a pas d'enfant », disent-elles. Ce discours fortement médiatisé influence toutes les femmes, il donne l'impression qu'il n'est plus possible de vivre si on n'a pas eu un enfant. Ce qui reste très culpabilisant pour celles qui n'en veulent pas et pour celles qui sont infertiles.

Et quand la stérilité provient de l'homme ?

Même lorsqu'elle trouve son origine chez l'homme, la résolution du problème de l'infertilité passe toujours par le corps de la femme. C'est elle qui va aux échographies, subit les contraintes horaires du traitement hormonal, fait les prises de sang à répétition, qui subit la ponction des ovocytes, etc. Ce sont les femmes qui ont en charge toute la technique de la fiv. Même aujourd'hui, il y a toujours un tabou autour de la stérilité, les hommes en parlent beaucoup moins que les femmes qui décident souvent de venir en parler en psychothérapie.

Quel est l'état d'esprit de la femme qui entreprend un processus de PMA (procréation médicalement assistée) ?

Les femmes sont déterminées. Elles iront au bout des choses, coûte que coûte, elles sont acharnées à réussir, leurs souffrances décuplent leur courage, elles seraient capables de faire tous les mois une fiv, jusqu'à ce que ça marche, si on leur en donnait le droit. La plupart vont jusqu'au bout d'où elles peuvent aller. Si un médecin leur dit que c'est fini, elles vont voir d'autres médecins, dans le privé si c'était à l'hôpital, et si ça ne marche toujours pas elles décident d'une adoption. Ou parfois, elles ont fait la démarche pour les deux en même temps : adoption et PMA.

Comment le couple vit-il ce processus ?

Les couples sont assez soudés par le désir d'enfant et le projet de PMA, mais les relations sexuelles peuvent en être perturbées. Il arrive qu'ils se séparent lorsque l'enfant naît. Mais la plupart du temps, l'enfant est un vrai bonheur pour cette nouvelle famille.

Que reste-t-il aux hommes ?

Ni la force musculaire, ni les pantalons, ni les cheveux courts, ni l'intelligence, ni le travail, ni l'argent, ni même le sexe. Le féminisme les en a dépossédés. La force musculaire, les pantalons et les cheveux courts, entre Demi Moore de *G.I. Jane*, Hilary Swank de *Million Dollar Baby*, sont l'apanage de la femme d'aujourd'hui. L'argent : la femme le gagne seule. Le sexe : la femme peut très bien, avec la mode du *sex toy*, s'en débrouiller seule, comme le proclament à longueur d'année les magazines féminins.

Le rôle de l'homme a été de tout temps de protéger la femme et les enfants. Or, avec le féminisme, l'homme a perdu son rôle historique d'homme protecteur et sa virilité s'en trouve déstabilisée. Les hommes le savent : dès lors qu'une femme accède à son indépendance financière, elle se donne les moyens, si elle le veut, de les quitter. Ils savent, quand une femme réussit sa vie professionnelle, qu'elle sera moins dépendante d'eux, qu'elle aura d'autres centres d'intérêt puisqu'elle ne vit plus dans un monde clos. Ils perdront donc le contrôle de la vie de la femme et la domination qu'ils exerçaient traditionnellement sur elle. Ils se sentent éclipsés et mis en danger par son émancipation sociale, économique et sexuelle.

L'effet pervers du féminisme est que l'homme qui n'a plus ni rôle ni pouvoir d'aucune sorte sur la femme n'a plus d'autre ressource pour trouver sa place et s'affirmer en tant que tel que trouver un moyen de soumettre la femme. Or comment la soumettre ? En allant chercher une jeune fille inexpérimentée ou une femme soumise qu'il peut dominer. En regardant des films pornographiques où la femme est systématiquement offerte et soumise. En la violentant, par la parole ou par les actes, d'où la recrudescence de la violence dans le couple, dans toutes les couches sociales. Remettre une femme à sa place est aussi une façon de retrouver sa place à soi.

L'homme dépossédé de sa virilité, relégué au statut d'accessoire de la femme, cherche ailleurs la réassurance de sa virilité, de son pouvoir, auprès de quelqu'un de plus jeune, plus novice, qui lui offrira un regard valorisant et réconfortant du point de vue de son identité.

Le *sex toy* : le nouvel homme

Entretien avec Sandra J., trente-cinq ans, maquilleuse.

J'en ai marre des mecs.

Je les impressionne tellement qu'ils bandent pas ; je ne supporte plus ; je n'ai plus la moindre indulgence ; le dernier a pris du Viagra pendant un mois, en plus, il était moche.

Je me galvaude.

J'ai du travail, je commence à redresser ma situation financière, j'ai de la bonne musique et mes sex toys, *j'ai l'impression d'être invincible.*

Je n'ai plus besoin de personne. J'ai la musique dans la voiture, je me sens un monstre de travail et de potentiel. Je veux même pas rencontrer quelqu'un. J'ai l'impression de connaître toutes les histoires. Ils sont divorcés, ils n'ont rien à dire, ils ont voyagé dans les mêmes pays ; ils vont se rendre compte que je sais plus de choses qu'eux.

Les hommes sont des rats. Je n'ai jamais eu un cadeau d'un homme. Le dernier bouquet de fleurs que j'ai eu c'était au mois de mars l'année dernière, je l'ai pris en photo, je peux vous le montrer. Il est où l'échange ? J'ai toujours l'impression que c'est moi qui donne.

Aujourd'hui, tout le monde couche avec tout le monde. Moi je préfère dire que je couche avec un sex toy.

On est toute une bande de copines à utiliser des sex toys, *on s'est passé l'info depuis quatre ans. Moi j'ai découvert des trucs grâce aux* sex toys, *les mecs savent pas faire ça. Les mecs ne sont pas renseignés sur l'anatomie féminine. Ils voient un trou, il faut rentrer dedans. Avec le* sex toy, *j'arrive à l'orgasme en trois minutes.*

Le *sex toy*, ou vibromasseur, est désormais le grand rival de l'homme. Il est banalisé, encouragé. Sonia Rykiel l'a rendu chic. Dans un magazine féminin, un article, qui comparait les bienfaits d'un homme et d'un *sex toy*, avait pour objet d'enseigner aux hommes à être aussi performants qu'un « Jack Rabbit ». Un autre magazine offrait à ses lectrices quarante mille mini-vibromasseurs. Les vibromasseurs ne se contentent pas d'imiter l'homme, ils innovent : taille, matière, vibrations. Il y en a pour tous les goûts : réaliste, gélatine lavande, chair en vinyle, le diamètre va jusqu'à six centimètres, la longueur jusqu'à trente centimètres, même si la plupart des vibromasseurs se situent autour de vingt-deux centimètres. Il y a ceux à télécommande, ceux à double ou triple emploi avec stimulateur clitoridien ou anal. Il y en a même en forme de doigts qui représentent le pouce, l'index et le majeur d'une main d'homme.

Entretien avec Morelle,
de la boutique Yoba du Printemps

> *« Un* sex toy, *c'est comme un homme, il faut qu'il plaise. » J'explique à mes clientes la différence entre un godemiché et un vibromasseur : le godemiché n'a pas de moteur. Il faut se chercher, s'explorer soi-même, il faut travailler pour se trouver. Mais l'objet est très beau. Il s'adresse aux esthètes. Le vibromasseur, lui, nous aide à monter. Les vibromasseurs réalistes apportent ce qu'apporte l'homme. Il y a le « Patchy Paul » ou le « Buddy » qui présentent des atouts supplémentaires : des rainures sur le corps du vibromasseur. C'est un jouet dans le sens où l'homme n'est pas « sculpté » comme ça. Donc ça donne des sensations inconnues, tout est à découvrir. Le*

> *best-seller, pour les femmes de dix-huit à soixante-quinze ans, c'est le fameux « Jack Rabbit », qui offre une double stimulation vaginale et clitoridienne avec sept niveaux d'intensité. Sur un côté du « Jack Rabbit » est inscrit :* Love yourself.

Dans l'idéologie régnante du *sex toy*, il ne manque ni tendresse, ni alchimie des peaux, ni poésie, ni sentiment, ni même l'amour. C'est le prêt-à-jouir individuel, accessible à tout moment, qui, s'il offre un réel soulagement à certaines et en amuse d'autres, fait passer un certain message : passez-vous de l'homme, puisqu'il vous déçoit tant !

Et de fait, le *sex toy* n'est-il pas l'idéal type de l'homme du post-féminisme ? C'est l'homme réduit à sa plus simple expression, l'homme qu'on peut sortir d'un étui quand on en a besoin, puis ranger. C'est l'homme qui ne risque pas de féconder la femme et de l'asservir à sa fonction de reproductrice. Ce fameux phallus que, d'après Freud, la femme recherche, qu'elle n'a pas, voilà qu'elle le possède enfin : il n'y a donc plus de quête et la femme est libérée. Mais seule.

La revanche de l'homme

Les féministes ont réduit l'homme à un *sex toy* et celui-ci le leur a bien rendu. L'homme, féminisé par le féminisme, a perdu sa puissance. Il la retrouve grâce à la pornographie. Autrefois, pour avoir accès à la pornographie, il fallait aller au cinéma, acheter des revues ou des films. Grâce à Internet, elle entre dans l'intimité du cercle familial. Le contenu des sites, quelles que soient leurs variantes, est toujours semblable : construits selon le même schéma de domination où la femme est utilisée par l'homme qui la soumet. Si le marché de la pornographie a explosé, c'est que sa diffusion est plus facile, touche un public plus large, et démocratise le commerce du sexe. Certains sites sont consacrés à des acteurs ou actrices de films pornographiques, ce qui permet de fidéliser une clientèle. Internet a vu également se développer des films réalisés par des amateurs, avec la création de réseaux de particulier à particulier (P2P). Les blogs (huit millions en France), sites tenus au jour le jour par des internautes, parlent souvent de sexe, et présentent un besoin d'afficher, de communiquer, de revendiquer sa sexualité, qui appartenait auparavant au domaine du privé. Il existe aussi un marché gratuit d'échange de fichiers où l'on se montre dans des positions sexuelles : « On se fait une webcam ce soir, qui veut venir ? »

Aux États-Unis, les analystes spécialistes du commerce sur Internet estiment qu'un site pornographique peut rapporter entre dix mille et quinze mille dollars par jour. Les plus anciens sites rapportent presque deux millions de dollars par mois. Les internautes ont dépensé près d'un milliard de dollars pour accéder à des sites pornographiques en 1998 et 3 milliards de dollars en 2003. En 1998 toujours, il y avait plus de cent mille sites pornographiques commerciaux et deux cents nouveaux sites se créaient quotidiennement en vue de diffuser, sur le modèle de la pornographie, de la mode, des clips, de la pub, des jeux vidéo. En France aussi, le monde parallèle du porno a gagné du terrain.

Que propose la pornographie et quelle image de la femme offre-t-elle ? La représentation de l'acte sexuel sous tous ses aspects, la vision de la femme comme objet et une multiplicité de critères disponibles selon les goûts : chacun y trouve ce qu'il veut, grâce à la spécialisation des contenus, l'anonymat et la mise à disposition facile. L'accès au sexe se fait par un simple clic. Il n'y a plus de scènes avec des scénarios mais des contenus morcelés selon les critères choisis. On peut ne voir que les actrices qu'on aime, et les retrouver de film en film selon des entrées croisées. Autrefois les gens achetaient ou louaient des films pour une certaine scène, maintenant ils ont ce qu'ils désirent, y compris les schémas de domination extrême : une sexualité fantasmée, qui emprunte ses codes au sadomasochisme, et qui est aussi une homosexualité fantasmée, le porno permettant de voir sans honte les sexes des autres hommes en action.

Ainsi la pornographie sur Internet vole-t-elle au secours de l'homme fragilisé. Elle est devenue son refuge, son jardin secret, sa défense. Là, il retrouve l'image de l'homme surpuissant. « Dans le film porno, dit Alexandre F., trente-neuf ans, marié, père de famille, l'homme a une érection qui dure pendant la totalité du film, donc c'est une vision idéale de la sexualité pour l'homme, il n'y a pas de problème de puissance. »

La pornographie influence les comportements sexuels : d'après une étude du Centre Femmes de Beauce, treize pour cent des femmes disent avoir subi des pressions de leur conjoint en rapport avec la pornographie. Ceux-ci demandent à leurs épouses de mimer les gestes des actrices porno. Certains psychologues estiment que la dépendance à la pornographie entraîne un « conditionnement pornographique » et une dépendance débordant sur tous les domaines de la vie : ils parlent de dépendance sexuelle. Certaines études psychiatriques ont démontré que, chez les personnes dépendantes, la consommation de films ou d'images à caractère pornographique provoquerait une forte sexualisation de leurs rapports humains.

Ce caractère insatiable du désir mis en scène, avec une surenchère de signes de jouissance (hurlements orgasmiques, frénésie des pulsions, multiplication presque sans limite des partenaires, réduction de l'être humain à la seule pulsion sexuelle), met en évidence, paradoxalement, la disparition du désir : en effet, désirer c'est désirer quelqu'un ; l'élimination de la dignité d'autrui par des pratiques de domination anéantit le corps en le transformant en viande à consommer.

La pornographie ne sert pas d'exutoire : elle forme les mœurs et les comportements, comme la littérature romantique le faisait aux siècles précédents. En ce sens, la pornographie est la littérature des temps modernes. D'où le succès des livres de Michel Houellebecq qui empruntent à la pornographie leurs passages de bravoure. D'où aussi le succès croissant des clubs échangistes, qu'il dénonce d'ailleurs dans ses livres, avec justesse et cruauté.

Au XIXe siècle, l'homme se suicidait par amour car il avait lu *Les Souffrances du jeune Werther* ; aujourd'hui, l'homme demande à sa femme de reproduire les gestes pornographiques qu'il a vus sur son écran.

L'égarement virtuel

L'homme, de peur de rencontrer la femme, se cache derrière son écran. Les sites de rencontre offrent à l'homme une vision moins terrifiante de la femme qui peut être réduite à une série de critères bien précis. C'est ainsi que les sites de rencontre de type Meetic ont connu ces dernières années un essor spectaculaire. La relation à l'autre est tellement effrayante et difficile que de plus en plus de personnes ont recours à la médiation d'Internet.

La femme va sur Internet car elle est isolée ou ne trouve pas le temps de faire des rencontres, ou encore qu'elle n'a pas de réseau amical renouvelé. Internet lui donne l'illusion de pouvoir dessiner elle-même les traits de son Prince charmant, son profil idéal. Elle pense que ce dernier cherche aussi la perle rare.

Or, sur le marché du cyberamour, les femmes sont les premières perdantes. En effet, les hommes recherchent systématiquement des femmes plus jeunes qu'eux, qui ont moins de trente-quatre ans si possible, car ils ont peur, comme nous le confie Manu L., trente-neuf ans : « Moi, un de mes critères, c'est moins de trente-quatre ans, parce que les femmes, après, je les connais, elles ne pensent qu'à une chose, c'est faire un enfant. » En effet, les hommes en général préfèrent une femme jeune, belle, mince et sportive, sans enfants. Dommage pour toutes celles de trente-quatre ans et plus qui ne répondent pas à ces critères. Les hommes qu'elles pourront attirer ont entre cinquante-cinq et soixante-cinq ans. C'est pourquoi Internet, le vivier des femmes esseulées, est, pour les hommes, un grand supermarché où ils ne rechignent jamais à se rendre.

La nouvelle violence domestique

La violence est une autre manière pour l'homme de reprendre le contrôle de la femme.

En 2005, près de huit femmes mouraient chaque mois, suite à des violences conjugales. À la fin des années quatre-vingt-dix, soixante-quinze pour cent des interventions de nuit à Paris concernaient des violences familiales. On estime qu'en France, il y a quatre millions de femmes battues et deux cent cinquante crimes passionnels par an. Sur la base de l'Enquête sur les violences faites aux femmes réalisée pour le secrétariat aux Droits des femmes, une femme sur dix révèle être, ou avoir été, victime de violences conjugales.

Certes, la violence dans le couple a toujours existé. Mais la fragilisation du narcissisme masculin par le féminisme a nourri le phénomène. Nombreuses sont les femmes qui, à un moment ou un autre de leur vie, font l'expérience d'une relation de couple qui se dégrade en relation de harcèlement et d'emprise. Si le livre de Marie-Françoise Hirigoyen *Le Harcèlement moral, la violence perverse au quotidien*[1] a tellement intéressé les lecteurs, c'est parce qu'il a levé le voile sur une certaine forme de domination conjugale, une violence sans acte, qui ne laisse pas de bleus apparents, qui n'est pas détectable et qui est restée longtemps impunie, mais n'en est pas moins extrêmement répandue. M.-F. Hirigoyen pose la question de la violence aujourd'hui dans ces termes : « On aurait pu croire qu'avec la montée du féminisme, les choses évolueraient et qu'une plus grande égalité entre les hommes et les femmes entraînerait moins de violence. Il n'en est rien. »

Heureusement la plupart des hommes ne violent pas, ne frappent pas, ne tuent pas, mais certains exercent une autre forme de violence qui est celle du harcèlement psychologique : isolement, jalousie, dénigrement, actes d'intimidation, indifférence aux demandes affectives, menaces, pression économique et financière, remarques blessantes, critiques non fondées, attitudes autoritaires, comme se présenter comme celui qui sait et détient la vérité, inférioriser l'autre, ne pas l'entendre, ne pas lui répondre, lui dicter son comportement, le choix de ses amis, ses actions, refuser d'exprimer ses émotions, faire passer sa partenaire pour stupide, folle ou hystérique, intimider et faire du chantage affectif de sorte que la femme fera toujours tout pour éviter une explosion de colère,

1. Syros, 1998.

vérifier chacune de ses dépenses, lui offrir une image dégradée d'elle-même.

Cette forme de violence dans le couple, qui consiste à exercer une violence psychologique, n'est pas toujours le fait d'hommes alcooliques, déséquilibrés, marginaux ou défavorisés. Elle se retrouve dans toutes les couches de la population et dans tous les milieux. D'après les recherches de Daniel Welzer-Lang, professeur de sociologie à l'Institut de sciences sociales Raymond-Ledrut de l'université Toulouse-Le Mirail, et auteur de plusieurs ouvrages sur le sujet : « Le point commun à tous les hommes violents... c'est qu'ils sont des hommes. » Qu'ils soient ouvriers, cadres supérieurs, médecins, professeurs d'université, techniciens, enseignants, de droite ou de gauche, et même non-violents, ces hommes exercent une violence psychologique sur leur femme. Quelle est la cause de cette violence ? On a souvent incriminé l'alcool : or un pourcentage important d'hommes violents ne sont pas alcooliques. Par contre, certains disent qu'ils boivent pour se donner le courage d'exprimer leurs sentiments, crier, brimer ou frapper. La plupart ne sont ni des malades mentaux ni des monstres. Plus que des explications psychologiques individuelles, on peut invoquer des raisons sociales, qui sont les privilèges qu'apportent le pouvoir et le contrôle exercés sur les proches. Daniel Welzer-Lang cite le cas d'un homme violent qui se plaignait du stress et de la frustration qu'il subissait au travail et de la colère qu'il en éprouvait : « Et vous frappez aussi, au travail, quand vous vous mettez en colère ? – Ben non, là-bas, ça serait le conseil de discipline direct ; ça rigole pas. »

L'homme violent est un homme qui a perdu le contrôle sur sa femme. Il explique ou justifie sa violence de la façon suivante : « Je voulais lui faire comprendre... je voulais remettre les pendules à l'heure... je voulais qu'elle se rende compte... je voulais la faire plier. » Il ne supporte pas la contradiction. Toute remise en cause ou essai de partage du pouvoir, toute revendication d'autonomie, aussi faible soit-elle, se transforme pour lui en provocation à la violence. Il alterne les phases où il est gentil et aimable, et celles où il est hors de lui. Sa double personnalité, à la fois Dr. Jekyll et Mr. Hyde, alternant brimades et compliments, exerce un contrôle psychologique sur celle qu'il considère comme son ennemie, son adversaire. Face à ce type de violence, les femmes sont piégées : sous emprise. Les spécialistes de la violence dans le couple parlent d'un cycle de la violence au quotidien : le stress et les tensions de la vie ont pour conséquence la violence, suivie du sentiment de culpabilité et de l'expression de la gentillesse, puis un retour au quotidien avec le stress et ainsi de suite. Il est impossible d'échapper à ce cercle infernal.

Les hommes violents considèrent qu'ils vivent avec des femmes pénibles, des mégères qui « cherchent les coups ». Ces propos désignent souvent des femmes aigries par des années de tyrannie conjugale et d'abus divers : elles ont pris l'habitude de lutter contre la tyrannie domestique en criant ou en « faisant la gueule ». Une réflexion du type « tu as oublié de sortir la poubelle » ou un repas servi en retard seront considérés par les hommes violents comme une provocation. Tout et son contraire est susceptible de déclencher les brimades : que la femme parle ou qu'elle se taise, qu'elle fasse une course ou qu'elle ne la fasse pas, qu'elle ne s'occupe pas de son conjoint ou qu'elle s'en occupe trop, rien n'est jamais bien.

Les hommes, dans notre société, se sentent menacés par les femmes. Se met alors en place une relation concurrentielle où l'homme aura besoin de dominer la femme, voire de la casser dans son ascension. Cela peut prendre une forme complexe, comme une forme simple et apparemment bienveillante comme s'inquiéter du temps qu'elle devra consacrer à son couple et à sa future famille si elle accepte sa promotion.

Comme le dit Marie-Françoise Hirigoyen, les hommes violents s'attaquent de façon privilégiée aux femmes qui réussissent, qui ont du charisme, de la « lumière ». C'est cette lumière qu'ils cherchent à ternir.

Une femme ambitieuse doit bien s'assurer de l'homme qu'elle choisit. Ce qui est très délicat, c'est que, dans un premier temps, les hommes qui aiment les femmes qui réussissent sont réellement et sincèrement fiers d'elles, de leurs prouesses, de leur évolution. Dans un second temps, ils perçoivent ce succès comme une menace. D'où vient le fait que les femmes à grande réussite ou à forte notoriété ont des vies sentimentales malheureuses ? Il est difficile, voire insurmontable pour un homme de faire face à une femme à succès. Les femmes savent déjà gagner de l'argent, faire des enfants, les élever, travailler, si en plus elles sont géniales dans le cadre professionnel, que reste-t-il aux hommes ? Celle qui veut réussir sa vie professionnelle doit le faire sans abîmer l'ego de son mari ou de son homme : il faut garder le profil bas pour maintenir l'équilibre du couple.

L'homme violent essaye de reprendre le pouvoir et de domestiquer la femme devenue indomptable depuis qu'elle s'est libérée, depuis qu'elle est sortie de la domination masculine, patriarcale et maritale. C'est la raison pour laquelle la nouvelle violence domestique tend à rabaisser l'ego de la femme, et consiste dans la brimade, la vexation : essentiellement, la subordination. C'est la dernière tentative masculine pour reprendre le dessus, une tentative désespérée, inexcusable, et pathétique.

Les dégâts du féminisme sur le couple : ils se marièrent et eurent beaucoup d'ennuis

Aujourd'hui, le couple est en faillite. L'augmentation des divorces n'en est pas le moindre indice. Les couples sont généralement dans le plus grand désarroi. Comme le raconte Frédéric Beigbeder dans *L'amour dure trois ans* : les couples s'aiment, se délitent, se haïssent, se séparent. La routine, la non-communication, la naissance des enfants, la trahison, l'adultère : tels sont les anciens ciments du couple qui aujourd'hui le détruisent. Autrefois, l'adultère était admis, presque valorisé, un homme qui réussissait se devait d'avoir une maîtresse, c'était un signe de réussite sociale. Aujourd'hui, les femmes ont moins de tolérance envers l'adultère qui est considéré comme la rupture du pacte de confiance. Si les hommes nous trompent, se disent les femmes, trompons-les aussi. Fini l'époque où l'homme pouvait avoir son épouse et ses maîtresses.

Le féminisme n'a pas attaqué le couple seulement dans son essence. Analysant l'amour et la famille comme des mythes patriarcaux, il l'a attaqué dans son existence. Depuis que la femme travaille mais continue de gérer l'intendance, le temps qu'elle peut consacrer à son couple est très réduit. Ayant le sens des responsabilités, elle est préoccupée. Son espace de vie en est d'autant amoindri. Dans ce contexte, il devient impossible pour l'homme et la femme de se retrouver : entre le travail, l'intendance et les enfants, le temps leur manque. L'homme ne reconnaît plus sa femme en cette travailleuse ou cette mère. Celle-ci n'a plus de temps à consacrer à l'épanouissement de sa sexualité, et donc à l'intimité de son couple. D'où la rupture de communication physique et sexuelle, puis la rupture de communication tout court, et finalement la séparation ou le divorce.

La recherche de dignité de la femme la précipite d'une façon absurde dans l'anéantissement de ce qui compte le plus pour elle : sa vie amoureuse. En se sauvant, elle se condamne.

L'arc du couple : de *Falling in love* à *Love is falling*

Acte I : la rencontre

• Ils se rencontrent.

• Ils se fréquentent et se plaisent.

• Ils tombent amoureux.

• Ils partent en week-end ou au bout du monde, s'envoient des sms, font l'amour.

Acte II : la fusion

• Ils emménagent ensemble.

• Ils se marient.

• Elle est enceinte.

• Pendant la grossesse, il panique un peu. Sa libido à elle augmente. La sienne baisse. Elle ne pense déjà plus qu'à son bébé. Lui, pas vraiment.

Acte III : la fin du jeu

• L'enfant arrive. Elle devient mère : pour lui, elle est intouchable. Intouchable, en effet, elle l'est, en tee-shirt large maculé des régurgitations du bébé. Son sex-appeal s'est mystérieusement volatilisé.

• Il se met à travailler comme un fou, autant pour fuir sa relation de couple vacillante que pour gagner de l'argent.

• Ils se disputent, leur relation se détériore. Pour recoller les morceaux, ils font un deuxième enfant.

Acte IV : la crise

• *Elle est malheureuse, elle prend sur elle. Il s'accommode de la situation, ayant par ailleurs quelques bouffées d'oxygène avec ses amis, une autre femme, ses activités diverses.*

• *Elle commence à penser au divorce.*

Acte V : la fin

• *Elle va sur sa messagerie pendant qu'il dort et tombe sur vingt-sept messages amoureux. Elle les lit : la maîtresse le plaint, en effet, d'être si malheureux dans un mariage avec une femme si difficile. Elle entame une procédure de divorce.*

• *Choqué, il finit par accepter la séparation.*

Les mythes fondateurs de la femme

Le mariage

Malgré toutes ces révolutions, les anciens mythes de la femme ont survécu. Les jeunes filles des nouvelles générations pourtant exposées au divorce, au cynisme des relations humaines et amoureuses, pensent comme les femmes de quatre-vingts ans : aimer un homme dans sa vie est l'idéal, l'amour est unique et durable, elles attendent l'homme qu'on aime pour toujours, c'est-à-dire le Prince charmant. Toutes les femmes, de vingt à quatre-vingts ans, attendent ou aiment ou ont aimé le Prince charmant. Même celles qui ont un discours moins romantique aiment le Prince charmant.

« Quand je me suis mariée, l'homme dont j'étais amoureuse était l'homme de ma vie, celui avec qui j'allais tout construire, un foyer, une famille, des souvenirs, la relation a échoué, on a divorcé, je m'en suis remise, j'ai eu des aventures. J'ai eu un passage où je me disais, finalement l'homme, c'est une présence physique, mais il ne faut rien en attendre de plus... et maintenant que je suis avec un homme formidable, avec lequel j'envisage de vivre, je pense qu'il est l'homme unique de ma vie. J'y crois toujours ! » dit Béatrice, trente-huit ans. L'amour unique est le mythe qui fédère toutes les femmes ; c'est le sens de la vie pour la plupart d'entre elles. Les idées de prédestination, de destin, sont partagées par beaucoup de femmes.

Tout le monde sait que les mariages se terminent souvent en divorce. Pourtant toutes les femmes rêvent de se marier, de revêtir la fameuse robe blanche : ce jour unique où la femme est une princesse est la réalisation de tous ses rêves de petite fille. Lui refuser ce jour de glorification où tous les hommages lui sont dus, c'est la mettre dans une situation de panique. Les femmes veulent donc se marier, et même se remarier, comme si ce qui s'était passé avant ne voulait rien dire. Il y a un optimisme farouche de la femme qui veut se marier. L'homme lui cède parce qu'il l'aime, mais il n'a pas précisément envie du mariage. Dans le mariage, en dépit des apparences, la femme est toujours demandeuse et l'homme celui qui accorde. C'est en fait la femme qui demande la main de l'homme, même si ce dernier doit avoir la conviction que c'est lui qui l'a fait. Elle doit donc le suggérer habilement afin qu'il fasse sa demande officielle.

De plus, malgré tout ce que l'on sait sur les couples, l'idée du mariage est profondément liée chez la femme à la promesse de bonheur et de l'épanouissement. C'est la zone cruciale où, pense-t-elle, son identité féminine va s'épanouir.

La maternité

Depuis son âge le plus tendre, la petite fille joue avec son bébé. Elle aime s'en occuper, lui donner son bain, l'habiller. Est-ce pour imiter sa mère, son modèle ? Ou est-ce quelque chose de bien inscrit en elle, indépendant de toute influence extérieure ? Lorsqu'on lui lit des contes pour enfants, ceux-ci se terminent toujours par « ils furent heureux et eurent beaucoup d'enfants ». Avoir des enfants apparaît donc naturellement comme indissociable de l'amour. Mais plus que l'influence par ces contes, qui sont eux-mêmes des mythes, la maternité trouve son origine naturelle dans le fait que la femme – même si elle n'en est pas encore une à proprement parler – est par essence maternelle : la petite fille veut donner : l'affection, puis, quand elle grandira, la vie. Elle se définit par le soin de l'autre. Elle veut d'ailleurs souvent exercer des professions de soins : vétérinaire, infirmière, médecin.

Lorsqu'elle est un peu plus grande, elle s'extasie dès qu'elle aperçoit un bébé, elle rêve du jour où, à son tour, elle pourra être mère et pouponner. Plus grande, elle comprend que ce ne sera pas facile, parce qu'il faudra d'abord finir ses études, avoir un métier, puis trouver le Prince charmant. Si elle a un petit ami assez tôt, et que cette relation dure, ils envisagent leur avenir, et évoquent déjà le nombre d'enfants qu'ils désirent. Puis un cap est franchi, où tous ces projets sont mis à mal. Elle range ce désir qui semble tout à coup irréalisable : le Prince charmant l'a quittée et depuis, elle n'a retrouvé personne de sérieux ou valable. Mais dès qu'elle rencontre quelqu'un, ce désir d'être mère se réveille. Même si elle se raisonne – pour cause de carrière par exemple, ou pour ne pas mettre trop de pression sur son jeune couple –, elle n'envisage plus les choses que par rapport à ce projet, qui devient le grand objectif de sa vie, celui qui l'oriente et lui donne un sens. C'est l'accomplissement de sa destinée depuis toujours, depuis des milliers d'années, depuis Adam et Ève.

La grand-mère

Le troisième mythe est celui de la grand-mère : celle qui s'occupe de ses petits-enfants, ayant une relation privilégiée avec eux, une relation paisible et charmante, qui permet à la femme de prendre de l'âge en toute sérénité. C'est Mamie Nova, la grand-mère du café Grand-Mère, la matrone souriante, disponible, toujours de bonne humeur, généreuse, aux joues rondes et roses, avec un joli chignon, et un sourire très tendre. Elle prépare des mousses au chocolat et des clafoutis à ses petits-enfants adorés. Beaucoup de femmes rêvent de devenir un jour un genre de Mamie Nova épanouie et, si elles n'ont pas d'enfants, c'est sur le mode de la marraine, la gentille fée qui, de la même façon, est aimée de ses filleuls qu'elle couvre de cadeaux. Cette projection dans un avenir qui en réalité fait peur – on perdra son mari, ses dents et son autonomie – permet d'envisager sereinement ce monde inconnu qui les attend. Elles s'inventent un monde rassurant, caractérisé par l'affection de l'entourage, la présence d'êtres aimés, dans un lieu qui n'est pas un hospice mais une maison chaleureuse avec une cheminée, une odeur de tartes et des rires d'enfants.

Malheureusement, la grand-mère n'est pas toujours aussi épanouie. Quelquefois elle est un peu aigrie, ou donneuse de leçons. Quelquefois elle se fâche avec ses enfants, qui du coup ne leur amènent plus ses petits-enfants. Lorsque ses petits-enfants sont plus grands, ils ont souvent d'autres choses à faire – préparer leurs examens ou s'amuser avec leurs copains. Quelquefois tout va bien mais les enfants ou petits-enfants partent vivre loin, et la grand-mère gâteau se retrouve seule.

Tous ces mythes liés à une forme de pureté, d'absolu, presque de naïveté, s'effondrent bien sûr devant la réalité de la vie : le Prince charmant se vautre devant la télé, le mariage est le lieu où se disputent les familles et belles-familles, la maternité se termine en angoisse domestique où le couple se dispute le nez dans les couches-culottes, la grand-mère est un boulet dont il faut se débarrasser.

Pourtant la femme, quel que soit son âge, retombe amoureuse et se remarie, car telle est la femme : toujours en quête d'absolu.

DEUXIÈME PARTIE

L'esclavage moderne

Le nouveau robot ménager : la femme

« Les hommes n'ont toujours pas réalisé que laisser les femmes faire autant de travail pour si peu de gratification fait qu'un homme dans la maison devient un luxe plutôt qu'une nécessité. Si les hommes veulent avoir le plaisir de vivre avec des femmes et des enfants, il va falloir qu'ils se remettent en question [...], sinon cela fera d'eux la plus vulnérable des créatures : un mâle redondant. »

Germaine GREER.

Le féminisme a exigé que la femme obtienne les mêmes droits que l'homme, mais il ne l'a pas pour autant débarrassée de ses devoirs de femme et de mère. La femme se retrouve donc à subir une double charge, avoir un double emploi, tenir un double rôle, avec le défi de réussir sa vie professionnelle. Ainsi, comme on l'a vu, loin d'avoir libéré la femme, le féminisme l'a projetée dans une double aliénation, celle du foyer et celle de la compétition professionnelle. Pour une femme aujourd'hui, il s'agit d'être belle, soignée, intelligente, bonne mère, bonne épouse, bonne intendante, bonne maîtresse de maison, bonne employée, bonne manageuse, bonne vendeuse. Toute femme qui ne répond pas à chacune de ces conditions pense qu'elle a échoué face aux opportunités offertes par le féminisme. Mais la femme qui réussit tout, son couple, ses enfants, son travail, sa carrière, tout en ayant une silhouette impeccable et un sourire parfait, existe-t-elle vraiment ? N'est-elle pas un mensonge, un mythe des temps modernes ?

Les femmes de l'ère post-féministe ont bien compris l'enjeu de l'autonomie financière. Elles ont vu leur mère ou d'autres femmes proches être quittées, se retrouver dans une situation compliquée ou précaire, ou bien continuer à subir des situations conjugales pénibles parce qu'elles n'avaient pas les moyens d'y mettre fin. Et, en effet, l'autonomie financière est capitale pour la femme. En cas de problème ou de difficultés conjugales, c'est la clé de sa survie. Mais elle a aussi des effets pervers.

Le premier, c'est que, travaillant pour s'assurer cette autonomie, la femme s'épuise.

Le deuxième effet pervers provient du fait qu'une femme qui gagne sa vie participe aux dépenses du foyer. L'homme prend donc l'habitude de compter sur elle financièrement. Mais il ne s'occupe pas davantage du foyer ou des enfants : l'homme est le plus grand gagnant du féminisme.

La nouvelle guerrière domestique

Journée type de Chantal, trente-quatre ans, mariée, trois enfants, haut fonctionnaire :

1 heure : Sibylle, deux ans et demi, se réveille en pleurant et allume toutes les lumières du couloir : elle a peur du noir.

4 heures : Sixtine, cinq mois, babille bruyamment et réveille Sibylle.

5 h 45 : Sixtine réveille définitivement Sibylle, je me lève donc et suis un rituel bien établi : douche, maquillage, habillage dans un temps approximatif de trente minutes. Puis préparation du biberon pour Sibylle (qui heureusement le boit seule) et solution de facilité, Bambi 2, *pour essayer qu'elle se rendorme sur la banquette... Petit déjeuner (café, pain-beurre ; jamais de sucre, j'ai du diabète). Préparation des biberons pour Sixtine et son frère Côme, les deux jumeaux de cinq mois. Je donne le biberon à Sixtine. Côme est un grand dormeur que je ne vois jamais la semaine.*

7 heures : j'en profite pour travailler un peu (lecture d'un dossier), à tel point que j'en oublie le café.

8 heures : la nounou arrive, je pars en voiture au travail (en réalité, c'est chaque jour différent, parfois transports en commun, parfois ma voiture).

9 heures : arrivée au bureau. Les réunions commencent à 9 heures, voire 8 h 30, ce qui est un vrai casse-tête ou un trou au porte-monnaie car il faut payer la nounou en heures supplémentaires, et j'en donne toujours un peu plus. En général, j'ai entre cinquante et cent mails par jour + la presse (première lecture de la journée) + les lettres. Je traite en ce moment environ huit secteurs différents (écologie, chasse, rapatriés, etc.). Je fais tout moi-même.

Généralement déjeuner vers 13 h 30, un plat et un café ; je ne craque jamais pour l'alcool ni pour les desserts car je n'aime pas cela ; mon péché du midi : une cigarette et un Coca light.

Anticipation : départ du bureau, puisque mon mari est là, vers 20 h 30 ou 21 heures ; quand il n'est pas là, départ à 19 heures et j'arrive toujours en retard car la nounou part normalement à 19 h 30.

Arrivée à la maison : les plus petits sont couchés. Je ne les ai pas vus de la journée. Je passe un bon quart d'heure avec Sibylle à dessiner ou lire une histoire ; je la couche.

Je prépare à manger (deux bols de soupe de légumes faite le week-end). Quand je rentre, mon mari est systématiquement sur l'ordinateur à s'acheter des trucs sans intérêt (cartes mères pour l'ordinateur, des bidules que l'on branche, etc.). On boit un Coca light et on mange des Apéricubes avec mon mari, on dîne.

J'aime bien retravailler un peu, surtout quand je rentre tôt, et j'ai du mal à décrocher avant 23 heures.

Ensuite, dix minutes, maxi quinze, pour lire, j'adore, des livres qui m'emmènent dans un autre monde : biographies et romans historiques, enquêtes policières même les plus glauques, tranches de vie.

Mais tout cela est fluctuant et aucun jour n'est pareil ; les catastrophes dans l'organisation : une visite chez le médecin ; la nécessité de prendre rendez-vous pour l'inscription à la maternelle ou encore les absences du mari très nombreuses. En réalité, j'ai toujours quelque chose en retard.

Naturellement, toute cette organisation repose sur une personne clé : la nounou qui fait tout et à qui je délègue tout. Elle est une partie de moi-même.

Autrefois, la femme, pour l'homme, c'était le repos du guerrier. Aujourd'hui la femme est devenue une guerrière : elle attend de l'homme qu'il soit pour elle le repos de la guerrière. Mais il n'est pas prêt du tout à endosser ce rôle, encore moins à prendre en charge une partie des tâches domestiques. Des récriminations de sa femme, de ses demandes, il s'offusque. Il la trouve pénible, cette ménagère énervée parce qu'il n'en fait pas assez.

Il faudrait que les hommes comprennent ce que les femmes attendent d'eux. Sinon les rapports entre les hommes et les femmes ne vont cesser de se détériorer. Chacun luttera pour sa propre survie et se reproduira sans rien construire.

La fracture ménagère

La situation actuelle est historiquement inédite : les femmes travaillent et elles ont des enfants auxquels elles veulent consacrer du temps.

Et du temps, elles leur en consacrent. D'après l'enquête Emploi du temps[1], les femmes assurent quatre-vingts pour cent du temps domestique total. Cette

1. Dumontier, Pan Kaé Shon, Documentation française, 1999.

enquête montre que le noyau dur des tâches domestiques (vaisselle, courses, ménage, lessive, soins matériels aux enfants) repose toujours sur les femmes.

Selon une enquête effectuée par la DARES [1] au sujet du temps parental, c'est-à-dire le temps consacré aux enfants, grands ou petits, celui-ci est deux fois plus élevé pour les femmes que pour les hommes, sachant que la charge parentale est de trente-neuf heures par semaine, c'est-à-dire plus que la durée de travail hebdomadaire.

Dans notre société, il va de soi que c'est la femme qui s'occupe de son bébé, du ménage, du lavage des biberons, de la lessive, de l'achat des vêtements, de la visite chez le pédiatre, que c'est elle qui s'absente du bureau pour les maladies des enfants.

Ainsi, comme l'écrit Dominique Méda, dans *Le Temps des femmes* [2], les femmes se retrouvent à effectuer une « double journée », ce qui représente une équation insoluble : comment engager une formation, se présenter à des entretiens d'embauche, accepter un poste aux horaires atypiques ? Le problème qui n'a pas de nom, selon Betty Friedan, reste d'actualité. Il a même empiré : il est devenu le problème qui n'a pas de nom et qui n'a pas de temps.

---

1. Direction de l'Animation et de la Recherche, des Études et des Statistiques du ministère des Affaires sociales.

2. Flammarion, 2001.

La religion mercantile

Le supermarché est un grand temple. Il s'offre à nous comme le lieu magique qui recèle tous les trésors de la Terre. Il y a à boire, à manger, il y a même parfois des voyages, des bijoux, des écrans plasma, des jouets...

Le supermarché se présente aussi comme un vaste lieu bondé, bruyant, où l'on se bouscule et se perd. Tout est fait pour que, sur le chemin des yaourts, on achète, sur un « coup de cœur », quelque chose qui ne figurait pas sur la liste. Ce coup de cœur est savamment travaillé par les équipes marketing des différents produits. Le marketing s'adresse en priorité aux femmes, et à la « ménagère de moins de cinquante ans », qui est le « cœur de cible ». Tout est fait pour qu'elle consomme, qu'elle soit captive, captivée. Pourquoi elle ? Parce que, dans quatre-vingts pour cent des cas, ce sont les femmes qui font les courses. Quand les hommes sont là, c'est pour acheter un écran plasma, ou parce qu'ils ont moins de trente ans et sont célibataires... et qu'ils achètent des DVD pour leur écran plasma.

La femme est un chasseur solitaire

L'homme a-t-il connaissance, lorsqu'il trouve un yaourt dans le réfrigérateur, de l'expédition qu'a effectuée sa compagne ?

Au départ, une intention louable. Nourrir sa famille,

ses enfants, son homme, accessoirement soi-même. Puis une deuxième intention, leur faire plaisir. Un impératif, rester dans les limites de son budget. Telles sont les résolutions avec lesquelles les femmes se rendent, chaque semaine, invariablement, dans les supermarchés.

L'ODYSSÉE DU YAOURT

La femme prend sa voiture, roule jusqu'au supermarché, trouve une place dans le parking (et mémorise l'emplacement), marche jusqu'à l'entrée. Elle se retrouve devant un rayon qui n'a rien à voir avec ce qu'elle cherche. Pour arriver aux yaourts, elle traverse les espaces Multimédia, Cosmétique, Pain frais, Rôtisserie-traiteur, et après avoir parcouru trois cent cinquante mètres, tombe sur vingt-quatre mètres linéaires de yaourts. Là il faut choisir entre yaourts bifidus nature, bifidus aux fruits, bifidus à l'arôme de fruits, yaourts à boire, yaourts nature, nature sucrés, brassés nature, brassés aux fruits, aux fruits entiers, aux fruits mixés, aux fruits aux arômes naturels, aux fruits aux arômes artificiels, « à l'ancienne », bio, à la marque du supermarché ou pas. Tous les fruits peuvent parfumer ou composer les yaourts, du litchi à la rhubarbe. Après avoir essayé de localiser son yaourt au milieu de 47 800 yaourts de 250 variétés différentes, s'accrochant à des indices visuels, non fiables car l'identité visuelle d'un yaourt qui se vend bien est immédiatement copiée par ses concurrents, donc après s'être trompée de yaourt mais s'en être aperçue à temps, et l'avoir reposé, elle identifie enfin ce qu'elle cherche : un yaourt en pot de verre à la vanille. Voilà qu'il est vendu par quatre, par huit, par seize. Elle compare aussitôt le prix par quatre, huit ou seize. Par seize, c'est plus intéressant, mais cela prendra trop de place dans le réfrigérateur. C'est alors qu'elle aperçoit une marque concurrente qui propose une promotion. Elle décide de changer de yaourt. Elle a pris sa décision, les yaourts sont dans le Caddie. Trente mètres plus tard, alors qu'elle s'achemine vers le coulommiers, au coin de la gondole, elle est prise par un dilemme. La promotion des yaourts est intéressante, mais que diront les enfants ?

Dans les innombrables rayons, cosmétiques, layette, épicerie, pâtes et riz, sauces, céréales, jus de fruits et boissons gazeuses, charcuterie, fromages, détergents, lessive, surgelés, boîtes de conserve, biscuits, elle remplit son Caddie en fonction des impératifs de la semaine. Quand elle passe devant le rayon des légumes ou des épices, elle a un pincement au cœur. Elle adorerait préparer une piperade ou une ratatouille mais elle ne voit pas comment elle en aurait le temps ni l'énergie. Elle se rabat sur le méga-pack de ratatouille congelée, et prend aussi des frites congelées parce que la ratatouille ne plaira pas forcément à ses enfants. Cela la désole, et voilà qu'elle s'en veut car, selon les dernières recommandations du ministère de la Santé, il faut manger cinq fruits et légumes par jour. Elle ne peut s'empêcher de penser que si elle avait passé plus de temps à essayer de faire aimer les épinards ou les haricots verts à ses enfants, aujourd'hui, ils mangeraient de façon plus équilibrée. Quand elle voit écrit « moins de sucre » sur un paquet de biscuits, c'est celui-ci qu'elle choisit, parce qu'elle a peur que son fils prenne du poids, il a trois kilos de plus que la moyenne de son âge et le pédiatre l'a mise en garde. Mais elle ne peut pas supprimer les biscuits. C'est un enfant ! Les rayons sont immenses, les lumières fatigantes, le bruit assourdissant, les distances à parcourir extravagantes. Sans cesse la femme doit se mobiliser pour trouver ce qu'elle cherche dans la jungle des produits, c'est une véritable chasse au trésor, sans carte. Elle doit traverser des zones de turbulences qui sont autant de tentations. Tout est présenté de sorte qu'elle achète des produits qui ne figuraient pas sur sa liste. Il existe un phénomène de plus en plus répandu dans les grandes surfaces, c'est le fait de mettre le produit dans le Caddie avant de l'en enlever au moment de passer à la caisse. La femme cède à la tentation pendant le parcours de sélection des articles et, arrivée à la caisse, s'interroge : en a-t-elle vraiment besoin ? Et ce qui l'a tentée est ainsi abandonné.

Son Caddie plein, et notamment plein de bouteilles d'eau minérale ou d'eau de source, elle fait la queue à la caisse. Et comme c'est samedi (seul jour où on peut faire les courses) il y a huit personnes avant elle. Elle sort toutes les courses pour les placer sur le tapis, le Caddie est grand et profond et il faut se pencher pour attraper ce qui est au fond, quitte à se faire mal au dos. Ça y est, c'est son tour. Son regard est accroché au petit écran au-dessus de la caisse : elle suit avec anxiété l'accumulation des montants. Le total est affiché : cent quatorze euros. Elle paye. Elle doit remettre toutes les courses dans des sacs en plastique, pas toujours faciles à ouvrir. Elle prend du retard par rapport à la cliente suivante. Elle accélère et empile ses sacs, les uns après les autres, dans le Caddie, qu'elle pousse laborieusement jusqu'à sa voiture. Elle décharge tous les sacs dans le coffre. Puis elle rapporte le Caddie, récupère son jeton. Retourne à sa voiture. Elle peut maintenant rentrer chez elle. Elle porte les sacs dans sa cuisine, les met par terre ou sur la table. Comme il y en a beaucoup, cela fait trois allers-retours jusqu'à la voiture. Il faut maintenant ranger les courses. Transformer le cerveau en trieuse-dispatcheuse en même temps que sortir les produits des sacs. Congélateur, réfrigérateur, garde-manger, salle de bain, toilettes, placard, congélateur, réfrigérateur, congélateur, réfrigérateur, et ainsi de suite... Comme elle n'a pas pu prendre les bouteilles d'eau, elle retourne à sa voiture et rapporte les douze bouteilles d'eau d'un litre et demi (soit dix-huit kilos), qu'elle pose dans sa cuisine. Elle déballe le dernier paquet, dans lequel se trouve le fameux pot de yaourt, dégusté par son mari le soir même en une minute trente, et digéré en une demi-heure.

Alain Testart, dans son article « La femme et la chasse [1] », montre que dans toutes les sociétés, que ce soit chez les Inuits, les Pygmées ou les Aborigènes d'Australie, ce sont les hommes qui chassent. En effet, la femme donne la vie, comment pourrait-elle tuer, donner la mort ? Les anthropologues expliquent que la chasse se pratique avec des armes : harpons, arcs, flèches, sagaies, gourdins. Or la femme, dans bien des sociétés, ne doit pas faire couler le sang, qui pour elle est tabou. Selon certains anthropologues, le fait que les femmes ne chassent pas s'explique aussi par la moindre mobilité des femmes, car elles sont encombrées par les enfants en bas âge et immobilisées par les grossesses répétées. Il leur est difficile de courir après le gibier. Alors la question que nous posons est celle-ci : comment se fait-il que, dans notre société, ce soit la femme qui remplisse ce rôle ? Une telle société est-elle viable à long terme ?

De tout temps, dans toutes les sociétés, il existe deux invariants, deux constantes : l'interdit de l'inceste, et le fait que les femmes ne chassent

1. Dans *Hommes, femmes, la construction de la différence*, sous la direction de Françoise Héritier, Éditions du Pommier, 2005.

pas. L'interdit de l'inceste, on le sait, est une condition vitale pour la survie de l'espèce humaine. Il en va de même pour ce que l'on peut appeler l'interdit de la chasse. En effet, si les femmes doivent chasser en plus d'enfanter, s'occuper des enfants et de leur maison, elles s'épuisent.

Autrement dit, de la réforme du statut des courses dépend la survie de notre espèce.

La femme lessivée

La lessive en machine est faite à quatre-vingt-huit pour cent par les femmes.

La lessive, pense-t-on, ce n'est plus grand-chose aujourd'hui, comparé au temps où les femmes battaient le linge au bord de la rivière. Et l'homme pense que la femme, avec la machine à laver, n'a plus rien à faire. Mais c'est faux. Autrefois la femme faisait la lessive une fois par semaine, maintenant c'est presque tous les jours. Comme le dit Emmanuelle M., trente-trois ans, de son mari : « Il ne touche pas au linge quoi qu'il arrive, je trie le linge et fais les machines, je l'étends et repasse, trie et range tout le linge de la famille dans les armoires... Il n'a pas touché une lessive depuis la fin de ses études ! »

À regarder les publicités, il semble qu'il existe un lien organique entre la femme et la lessive. La lessive et la vaisselle, tel le mythe de Sisyphe, sont les corvées qui reviennent impitoyablement chaque jour, sans qu'on puisse les laisser de côté. La pile descend, et se reconstitue instantanément. Dans une maison, il faut tout laver : les draps, les oreillers, les housses de couette, les torchons, les serviettes... Puis il faut étendre le linge, dans une petite salle de bain, souvent. Avec la complication de faire sécher la housse de couette ou les grands draps, ce qui pose un réel problème dans un appartement moderne. Puis il y a tout ce qui nécessite une machine différente. Le tri du linge, la gestion de la machine, choisir à quelle heure on la mettra en route pour qu'elle ne marine pas toute la journée pendant ses heures de travail : voilà ce qui occupe l'esprit de la femme. Quelquefois, il faut attendre le soir ou week-end pour mettre la machine en route. Ce moment de détente devient alors celui où l'on rattrape tout le retard accumulé. La corvée du linge est un véritable triathlon, il faut le récupérer partout, le traquer, le trier, le sortir, le porter, l'étendre, tâche ingrate où il faut courber le dos telles les femmes qui plantent le riz dans les rizières, tout ramasser, pour aboutir enfin au dilemme final : repasser ou pas ?

Et puis il y a le repassage... De plus en plus de femmes en sont réduites à grever leur budget afin de rémunérer quelqu'un deux heures par semaine pour s'en occuper exclusivement.

Le paradoxe du repassage est celui de toute la condition de la femme moderne : c'est une affaire d'hommes, puisque ce sont leurs chemises qui doivent être repassées en premier lieu, pourtant ce sont les femmes qui le font.

Qui fait la vaisselle ?

Malgré le lave-vaisselle, la gestion de la vaisselle se déroule selon trois étapes : placer la vaisselle sale, sortir la vaisselle propre du lave-vaisselle, et ranger la vaisselle propre dans les placards. La nouvelle génération de machines a-t-elle fait évoluer la condition féminine ?

Non. Aussi performantes que soient les machines, c'est toujours la femme qui remplit et vide le lave-vaisselle.

En effet, les hommes n'aiment pas le rapport au sale. Ils sont prêts à salir mais pas à laver. En somme, ils participent aux tâches ménagères dans la mesure où celles-ci n'ont pas de rapport à la saleté.

« Qui doit faire la vaisselle : de mon point de vue c'est la femme de ménage, dit Patrick C. Elle seule peut s'imposer comme un véritable médiateur hygiénique du couple. En son absence, l'appel à des matériaux libérateurs peut efficacement se substituer : je pense à l'assiette en plastique mais qui pose à son tour le problème des poubelles. » Mais tout le monde ne peut pas se payer une aide ménagère.

Le ménage

Relevé sur un forum de discussion du site www.doctissimo.fr :

Bonjour. Voilà... en ce moment j'en ai marre, tous les jours se ressemblent... Boulot – ménage –

boulot – ménage... J'en ai ras le bol, je fais le strict minimum. Je suis en grève pour le repassage depuis un mois, je tire un coup sur le linge et hop le tour est joué... Connaissez-vous des périodes de ce genre vous aussi ? Rassurez-moi, je suis pas toute seule ?

Ben oui moi je te rassure, c'est tout le temps (et encore je n'ai pas d'enfants ! ! !).

Je pensais être la seule... C'est horrible, mon mari ne m'aide pas.

Pareil pour moi ! T'en fais pas, c'est normal de passer par des périodes où le ménage apparaît comme une tâche tellement ingrate et vaine qu'on a plus envie de rien faire. J'aime bien que ma maison soit propre, mais pas de voir mon boulot saccagé quelques heures plus tard : des jouets qui traînent, des manteaux laissés n'importe où, les enveloppes du courrier laissées sur la table au lieu d'être jetées, les vêtements que je viens de repasser la veille mis en boule dans les placards... Alors des fois, je laisse tomber. J'ai déjà essayé la « grève » du ménage : tout le monde a râlé mais « ils » (mon mari et mes trois enfants) font des efforts un temps. C'est la vie.

Hier j'ai « craqué ». Je m'explique, je suis divorcée, j'ai deux filles de onze et quinze ans et vis maritalement depuis un an avec un informaticien... Je travaille dans la restauration, j'ai donc

> *des horaires de quinze à dix-huit heures et lorsque je suis à la maison, c'est pas pour me détendre, me taper un bon film, ou appeler les copines,* NON NON *!!! c'est pour faire le ménage et j'en ai marre... À la maison, le balai, l'aspirateur, la machine à laver, le fer à repasser doivent porter mon nom, car personne d'autre que moi n'y touche. Alors voilà, avec mes copines, on se dit que l'on va plaquer nos mecs, filer nos enfants à la garde de leurs pères respectifs... et vivre toutes ensemble ! Ça tente quelqu'un ?*

Si la femme gagne plus de temps grâce aux machines, elle est victime du génie du marketing qui n'a de cesse d'augmenter les tâches que celle-ci doit accomplir, insistant sur plus de blancheur, plus de propreté avec la psychose des bactéries qui se glissent partout.

La vocation de la nouvelle ménagère est de débarrasser le monde des bactéries décrites comme des êtres qui envahissent la maison et s'attaquent à tous ses moindres recoins pour l'infecter et contaminer ses enfants.

En fait, tout cela est mensonger : pour nettoyer réellement une cuisine, il faudrait employer des produits beaucoup plus puissants que ceux vendus dans le commerce. Mais on nous suggère que de nouvelles bactéries apparaissent régulièrement, ce qui n'a pour effet que d'aggraver le « syndrome de la ménagère ». Aussi énergique et déterminée soit-elle, la ménagère part perdante dans ce combat éperdu contre la prolifération des bactéries.

La cuisine aux ciseaux

La réduction du temps consacré à la cuisine – du fait de cette perpétuelle course contre la montre – a des conséquences. Il faut du pratique, de l'ouvrable et refermable, du portionnable, du cuisinable rapidement : du « prêt-à-manger », il n'est pas question de préparer un repas. Quand la femme rentre au plus tôt, c'est-à-dire à dix-neuf heures quinze chez elle, la cuisine ne peut pas être celle de nos grands-mères, des ragoûts ou des tagines qui cuisaient pendant cinq heures.

Depuis les années soixante, le temps passé à préparer un repas a diminué d'un tiers. Aujourd'hui, la cuisine, fonctionnelle, apporte la dose de calories, de protéines et de vitamines nécessaire, dans le meilleur des cas. On propose d'acheter des plats surgelés, des légumes déjà coupés, déjà cuisinés, des viandes et des poissons prêts à être enfournés, afin d'économiser des heures de travail. La femme trouve là le respect des valeurs de sa société – bien nourrir sa famille –, une facilité qui lui permet de gagner du temps, tout en proposant une sélection qui ne cesse de s'étoffer, de saison en saison. Les surgelés font partie de ce que l'on appelle désormais la « cuisine aux ciseaux » : un coup de ciseaux, et c'est prêt. On trouve même le gâteau d'anniversaire du petit en sachet, à découper. Il sera cuit à la maison : ainsi, le concept du « fait maison » est préservé, même s'il est réduit à sa plus simple expression.

L'INSTINCT MATERNEL

Donald W. Winnicott : L'Enfant et sa famille[1].

J'essaie d'attirer l'attention sur la contribution immense que la bonne mère normale apporte au début avec l'aide de son mari, à l'individu et à la société, une contribution qu'elle apporte en se dévouant, tout simplement, à son bébé. On ne se rend peut-être pas compte de cette contribution de la mère dévouée, précisément à cause de son immensité. Mais si on l'admet, il en découle que tout homme ou toute femme en bonne santé, tout homme ou toute femme qui a le sentiment d'être une personne dans le monde et pour qui le monde signifie quelque chose, toute personne heureuse doit infiniment à une femme. À un moment où, en tant que bébé, cette personne ne savait rien de la dépendance, la dépendance était absolue. [...] Si le rôle de la mère n'est pas vraiment reconnu, une vague peur de la dépendance ne peut que subsister. Cette peur peut prendre quelquefois la forme d'une crainte de la femme ou d'une crainte d'une femme. À d'autres moments elle prendra des formes moins aisément reconnues comprenant la peur d'être dominé. Malheureusement la peur d'être dominé ne conduit pas les gens à éviter d'être dominés. Elle les attire au contraire vers une domination spécifique ou choisie. En fait, si on étudiait la psychologie du dictateur on

1. Payot, 1957.

pourrait s'attendre à découvrir que, parmi d'autres choses, il essaie dans son combat personnel de maîtriser la femme dont il craint inconsciemment la domination, essayant de la maîtriser en l'entourant, en agissant pour elle et en exigeant en retour une sujétion totale et un amour total.

La mère contrariée

L'instinct maternel : comment Elisabeth Badinter a-t-elle pu un instant en douter ?

Pour l'avoir remis en cause, son livre *L'Amour en plus*[1] a fait date dans l'histoire du féminisme. Bien sûr, les mères ne se sont pas toujours occupées de leurs nourrissons. La position de l'enfant est une création récente. Sous l'Ancien Régime, les femmes, lorsqu'elles le pouvaient, laissaient leurs enfants en nourrice. Bon nombre d'entre eux mouraient et les mères ne semblaient pas en souffrir outre mesure. C'est Freud qui a promu le bébé au rang de « Majesté » en nous disant que tout se joue avant trois ans. Mais on peut opposer à Elisabeth Badinter le fait que l'instinct maternel a toujours existé, même s'il a été réprimé et contrarié à certaines époques. Il suffit de voir le regard d'une femme devant son bébé pour s'en convaincre. Si *La Joconde* a fasciné tant de monde depuis toujours, certains vont jusqu'à dire que le secret

1. Flammarion, 1980.

de son regard et de son sourire résiderait dans sa maternité récente.

La Joconde

Une étude canadienne à base d'imagerie numérique en trois dimensions a révélé, mercredi 27 septembre 2006, que le sourire mystérieux de La Joconde *serait celui d'une femme qui vient d'avoir un enfant.*

Le Conseil national de recherche du Canada (CNRC) a dévoilé à Ottawa les résultats d'une étude commanditée par le musée du Louvre et réalisée grâce à un système de balayage laser sophistiqué, en couleurs et en trois dimensions.

L'étude a permis de découvrir que Mona Lisa était coiffée d'un chignon et enveloppée d'un « voile de gaze » fine et transparente, attaché à l'encolure du corsage, normalement porté à l'époque par les femmes enceintes ou venant d'accoucher, a indiqué Bruno Mottin, conservateur au Centre de recherche et de restauration des musées de France (C2RMF), lors d'une conférence de presse à Ottawa.

« Ce tableau a été peint pour commémorer la naissance du second fils de Mona Lisa. C'est une femme qui vient d'avoir un enfant, qui se tourne vers vous, vous fixe des yeux et sourit légèrement », a-t-il dit.

Ainsi, Léonard de Vinci, dans son tableau, nous livrait la clé d'un mystère immémorial qui est celui de l'accomplissement de la femme dans la maternité, celui de l'origine et de la permanence de la vie.

Aujourd'hui, à propos de l'instinct maternel, deux courants dominent. Le premier stipule que les mères sont coupables. Ayant acquis trop de puissance, elles sont la source de tous les maux : la régurgitation des nouveau-nés, la tyrannie des enfants, les problèmes des adolescents. Ce courant, qui accuse les mères d'avoir soustrait l'autorité aux pères, réclame qu'on redonne un rôle traditionnel aux membres de la famille, c'est-à-dire le père à l'extérieur, représentant la Loi, et la mère au sein du foyer s'occupant des enfants sous l'autorité du mari. Si le psychanalyste Aldo Naouri a raison de dire qu'il faut redonner sa place au père car il y a des « mécanismes qui, à l'intérieur du tissu social, affaiblissent la place symbolique du père », en revanche, lorsqu'il veut « arrêter les mères toutes-puissantes », il se trompe. C'est un fait que, aux yeux de l'enfant, la mère est prépondérante. De même qu'elle est prépondérante pour la société et pour le monde puisque c'est elle qui porte l'avenir. Mais pourquoi culpabiliser les mères ? N'est-ce pas aussi la faute des pères s'ils ont perdu leur place ? Ne faudrait-il pas qu'ils s'intéressent un peu plus à leur progéniture, s'en occupent et expriment le souhait d'exercer leur autorité ?

Le deuxième courant, celui de pédiatres comme Edwige Antier, défend les mères. Les mères ont toujours deux faces, écrit Edwige Antier, celle de la mère, et celle de la marâtre des contes de fées. Elles sont sorcières par moments, bonnes fées à d'autres. Le problème c'est qu'aujourd'hui on ne met en évidence que la mauvaise face. Certaines mères, à des périodes de leur vie, ou dans une configuration conjugale particulière, peuvent connaître un moment de fragilité. Au lieu de les culpabiliser comme on le fait actuellement, ne vaudrait-il pas mieux reconnaître la difficulté de leur rôle ? Comme le dit E. Antier, « les mères défaillantes ne prouvent pas la non-existence de l'instinct maternel, de la même façon que les anorexiques ne prouvent pas que le besoin de manger n'est pas instinctif ». Dans son *Éloge des mères*[1], elle cite une étude de Linda Mayes, pédiatre de l'université de Yale, qui a demandé à de jeunes parents de noter dans un carnet les moments où ils pensaient à leur enfant. Pendant les trois premiers mois, les mères pensent à leur bébé toutes les trois minutes, les pères en moyenne tous les trois quarts d'heure. Les mères s'inquiètent en permanence de leur enfant. De la façon dont il mange, dont il se couche, dont il dort, s'il pleure. Cette préoccupation lancinante de la nouvelle mère peut ressembler à un TOC (trouble obsessionnel compulsif). Les chercheurs trouvent de nombreuses similitudes entre le patient atteint de TOC et la mère qui prend son nouveau-né, le couche, le regarde, sort de la pièce, revient, vérifie sa respiration.

La mère est enveloppante pour son enfant et le père doit être, comme le dit Edwige Antier, « l'enveloppe de l'enveloppe ». Interrogée par une mère sur la manière de faire dormir sa petite fille de quinze mois

1. J'ai lu, 2000.

qui ne faisait toujours pas ses nuits, Edwige Antier a répondu : « Prenez-la avec vous dans votre lit. Dans toutes les sociétés traditionnelles les enfants dorment dans le lit de leurs parents jusqu'à l'âge de deux ans. Le bébé a besoin de sentir l'odeur de sa mère. » Interrogé sur ce même sujet, un pédiatre du courant opposé a répondu : « Mettez-la au bout de l'appartement, laissez-la pleurer, fermez toutes les portes, mettez des boules Quies dans vos oreilles ou la musique à fond pour ne pas entendre ses pleurs. » Devant les avis contradictoires, la mère qui s'efforce de faire le mieux possible est perdue.

L'amour maternel

Isabelle, maman d'Edgar.

Mon enfant est un cadeau de Dieu. Il est ce qu'il y a de plus pur en ce monde. Un enfant non corrompu encore par quoi que ce soit. Ses sentiments sont purs, il a un sens de ce qui est bien, j'ai une très grande admiration pour lui parce que d'emblée il sait ce qui est juste, bon et bien. On est dans un monde où ces repères se sont beaucoup perdus, et finalement en qui peut-on avoir confiance si ce n'est son enfant ? L'enfant a une exaltation naturelle, une exigence de vie. Il m'aime de façon inconditionnelle alors que tout dans mon environnement proche me dit que je ne suis pas assez performante, efficace, jolie, et que je suis une somme d'imperfections, l'enfant m'envoie l'image d'une femme merveilleuse et il me regarde avec les yeux de l'amour. Mon enfant me donne un but dans l'existence, donne un sens à ma vie. Quand je cours dans tous les sens, je sais que tout cela n'est pas vain. Quand je travaille, je sais que l'argent que je vais gagner me permet d'apporter un bien-être à mon enfant, je vais pouvoir l'emmener en vacances, je vais lui offrir le dinosaure dont il rêve. Mon enfant est un être humain nouveau, il élargit mon horizon, et donc il me fait progresser, il me rend plus intelligente. Il m'inscrit dans une lignée qui me relie à l'avenir du monde, me donne une perspective. Il augmente mon implication politique au monde. Ce que va devenir notre pays est important, car l'enjeu est l'avenir de mon enfant et des enfants de mon enfant.

Les enfants rendent de façon naturelle l'amour qu'on leur donne. Il existe entre la mère et l'enfant un lien tactile qui développe entre eux une relation de confiance. Ce lien, si important pour l'enfant, est extraordinaire pour la mère. Lorsqu'il se jette dans ses bras en lui disant « maman », il efface tous les aspects négatifs de sa vie. Le lien de confiance qui s'établit entre eux est fondé sur le respect : si la mère respecte son enfant et son identité profonde et si elle est à l'écoute de ses besoins, l'enfant intègre ce respect qui lui permet de se construire dans l'estime de soi et des autres. L'enfant est ainsi fait : beaucoup de ce qu'il possède vient de ce qu'on lui donne.

Si la maternité se révèle parfois, et même souvent,

un véritable parcours de la combattante, il n'en demeure pas moins que les mères aiment leurs enfants, et sont comblées par cet amour. C'est justement cet amour qui donne aux mères toute leur force, dans ce qu'elles peuvent avoir de difficile à affronter, surmonter ou supporter, et qui les maintient dans une combativité et un optimisme profonds. Avoir un bébé, le regarder grandir, l'aimer et le voir aimer sa mère d'une manière si pure, si totale, plaît aux femmes qui en font l'expérience. Pour elles, l'enfant est non seulement ce qui donne du sens à la vie, mais ce qui l'illumine. Le sourire de l'enfant le matin, la petite conversation avant de dormir, les câlins du soir sont autant de moments d'amour qui nourrissent la femme.

La maternité piégée par le politiquement correct

Il existe une profusion de livres de psychologie et de manuels pratiques sur la maternité. Étrangement, presque aucun ne dit la vérité sur la grossesse, la naissance, la maternité. Il faut lever le voile sur ce tabou. « Tu accoucheras dans la douleur », est-il écrit dans la Genèse. Et pourtant, il semble qu'aujourd'hui tout soit fait pour nous amener à croire le contraire.

Les images d'Épinal abondent, le délicieux chérubin entouré de roses et du sourire de ses parents figure sur toutes les photos. Les mères actives, les actrices, icônes de notre société, promènent leurs enfants Bonpoint dans leur poussette, le sourire aux lèvres. Le bébé est un accessoire qui évolue en fonction des saisons. Si la société nous chante la maternité épanouissante, elle ne dit rien des problèmes qui se présentent aux mères. Personne ne prévient du changement, de la révolution que la maternité représente pour une femme : dans sa vie, dans son couple, dans son corps. Personne ne la prévient non plus qu'avoir un enfant fait courir un risque majeur à son couple. Car une fois sur deux, lorsqu'on demande à de jeunes parents pourquoi ils se séparent, ils répondent : « C'est après la naissance de notre enfant. » Ils n'osent pas dire : « C'est à cause de la naissance de notre enfant. »

Si le bébé est un bonheur, il est aussi une tornade dévastatrice, un monstre glouton qui s'empresse de dévorer la mère, et ne tarde pas à dévorer le couple.

Le bébé contre soi

Car le bébé est une force subversive qui remet tout en cause. La société nous enseigne l'individualisme, le bébé nous force à y renoncer en nous imposant d'être responsables. Le temps de la liberté et de la jeunesse, valeurs fondamentales de notre société, est révolu. Le temps de l'amour romantique s'achève lui aussi. L'idéalisme, l'insouciance font place aux obligations. La société nous inculque la démocratie, le bébé est un despote qui réduit ses parents à sa merci. La place du bébé dans la famille a subi une révolution copernicienne : autrefois, les parents étaient les rois et les enfants étaient à leur service, aujourd'hui c'est le contraire. L'enfant est le roi et les parents sont ses sujets.

Aujourd'hui la cellule familiale est réduite à sa plus simple expression : un père, une mère, un ou des enfants. De plus, les nouveaux parents vivent rarement à proximité de leurs propres parents : et ils se retrouvent souvent seuls face à leur enfant. Il manque ce « village pour élever un enfant[1] ». Cet isolement accentue la difficulté. On ne peut pas s'appuyer sur une grand-mère, une tante, une sœur, et le couple est comme pris au piège.

Bref, faire un enfant ne va pas de soi dans une société qui nous martèle jour après jour que le désir individuel est ce que chacun doit poursuivre, parce qu'il est le sens de la vie. Notre société a érigé la jouissance en modèle, l'immédiateté en valeur suprême. Or le bébé n'est ni la jouissance ni l'immédiateté. Le bébé est le renoncement, et il est la perspective. L'écart entre l'enfant imaginaire et l'enfant réel constitue un fossé de plus en plus difficile à combler. Entre le désir d'enfant et la réalité de l'enfant, dans ce qu'elle a de répétitif ou de dégoûtant – régurgitations, selles, couches à changer, biberons à digérer, stérilisation du matériel, etc. –, les fondements de l'individu sont bouleversés. Avoir cet enfant, témoignage ultime de l'individualisme moderne, sonne pourtant le glas de l'individu.

1. Proverbe africain : Il faut un village pour élever un enfant.

La bourse ou la vie

Actuellement, on observe une augmentation du nombre de naissances : 2,07 enfants par femme en 2006 en France, selon l'INSEE, ce qui fait de la France la championne d'Europe, du moins en matière de natalité. Ce chiffre s'inscrit pourtant dans une diminution historique du nombre des naissances. Les femmes attendent, pour faire un enfant, le moment opportun, avec la volonté de privilégier la qualité du contexte éducatif. Avoir un enfant dépend désormais de la construction de sa carrière professionnelle et du souci de préserver la qualité de sa vie. Cela suppose que faire un enfant aujourd'hui diminue la qualité de la vie, et que l'enfant entre en opposition avec l'idée d'évolution professionnelle et donc personnelle. La femme sait qu'elle doit profiter de ses années sans enfant pour progresser au maximum dans sa carrière, parce que, après la venue de l'enfant, sa courbe de progression, si même elle se maintient, ne sera plus jamais aussi forte. C'est l'un des facteurs qui expliquent que l'âge moyen de la femme à son premier enfant ne cesse d'augmenter. Il est aujourd'hui de vingt-neuf ans. Il n'est pas rare que les femmes « programment » leur premier bébé vers trente-deux ou trente-cinq ans. Le nombre de « grossesses tardives » croît considérablement : certaines femmes ayant dépassé la quarantaine et qui se sont affirmées socialement et dans leur vie de femme envisagent alors de mettre un enfant au monde. Mais si la presse féminine nous montre des femmes de quarante ans enceintes, radieuses, ayant déjà vécu une vie professionnelle accomplie et une vie personnelle tumultueuse, il faut savoir qu'un tiers de ces femmes ne pourra pas tomber enceintes.

La femme sans enfant : un tabou

Dans notre société qui mythifie la place de l'enfant, on n'a pas le droit de ne pas en vouloir, de ne pas en avoir.

Les femmes sans désir d'enfant n'osent pas en parler. Leur entourage proche ou lointain n'ose pas leur en demander la raison. Comme si cette raison était inavouable. Comme si la réponse recelait un terrible secret qu'il serait plus honteux de dévoiler que sa vie sexuelle. L'enfant – et tout ce qui touche à l'enfant – est le dernier tabou de notre époque prétendument sans tabou.

Si le féminisme est censé avoir libéré ce lien organique de la mère à l'enfant, aujourd'hui il est difficile pour une femme d'avouer qu'elle n'en désire pas. « Je suis toujours embêtée dans les entretiens d'embauche, confie Sigrid P., trente-cinq ans. Vu mon âge, on me demande toujours si je veux un enfant ou pas. Si je dis oui, on ne m'embauche pas. Si je dis que je n'en veux pas, je passe pour un monstre. » Le non-désir d'enfant est perçu comme une anomalie psychologique ou comme relevant d'une pathologie sociale. Comme le dit Muriel Flis-Trèves, « la femme qui n'a pas d'enfant est quasiment considérée comme une criminelle ».

La glamourisation, la quasi-obligation de la maternité font que la femme qui n'a pas d'enfant se trouve ostracisée.

Le désir d'enfant, socialement rassurant, est pourtant menaçant pour l'homme et pour l'employeur. La femme, prise dans un étau entre les contradictions de la société, ne trouve jamais une place satisfaisante.

La grossesse

Dès que la femme est enceinte, elle sait qu'il lui faudra ne pas trop grossir. Elle s'applique à ne prendre qu'un kilo par mois pour ressembler à ces femmes enceintes qu'elle voit dans les magazines féminins, des femmes célèbres qui affichent leur corps resté parfaitement mince, des jambes et des fesses galbées, et dont seul le ventre est protubérant. La femme se restreint, fait constamment attention à ce qu'elle mange, se pèse souvent. Elle a faim. Pourtant, après le cinquième mois, elle se désole de constater que, malgré ses efforts soutenus, elle grossit inexorablement. Les derniers mois, toute femme enceinte ressent un besoin vital de manger, non par gourmandise mais parce qu'il lui faut davantage de calories pour fabriquer son bébé. Or, d'un point de vue organique, le bébé passe avant la femme. La priver ou l'encourager à se priver de nourriture aura des conséquences néfastes sur l'organisme maternel. Et plus tard la femme se retrouvera avec de graves carences.

L'amour pendant la grossesse : un tabou

Durant la grossesse, la femme vit une révolution permanente : nausées, vomissements, acidités, reflux, sensation d'asphyxie, fuites urinaires, envie de pleurer ou de rire sans raison, insomnies, envie compulsive de nourriture, transformation du corps qui grossit à vue d'œil, sommeil intempestif à cause de la progestérone.

Le pic d'hormones met la femme en exaltation sensuelle alors que l'homme se tient en retrait devant celle qu'il considère déjà comme une mère. De plus, il est troublé par la métamorphose physique de sa compagne. Visuellement, il ne la reconnaît plus. Le nouveau corps de sa femme n'a plus rien à voir avec la silhouette qu'il a épousée. Il se détourne d'elle. Il craint parfois de faire mal au bébé lors d'un rapport sexuel. Les gynécologues le confirment, le pénis de l'homme n'ira pas cogner contre le crâne de l'enfant, ce crâne n'étant pas dans le vagin mais dans l'utérus. Le bébé est protégé par le liquide amniotique ainsi que par les membranes de la poche des eaux qui tiennent à distance toutes les parois. Le col utérin, fermé et d'une longueur de deux ou trois centimètres, constitue une protection supplémentaire. Le seul moment où le crâne du bébé descend directement dans le vagin, c'est lors de l'accouchement.

Au troisième trimestre, l'homme qui a des relations sexuelles avec sa femme enceinte constate qu'« il y a du monde là-dedans ». Alors qu'au moins six à huit centimètres le séparent encore du bébé, le fait de sentir quelque chose au bout de son pénis le met mal à l'aise, mais ce qu'il sent, c'est le bouchon muqueux, non le bébé. Cette appréhension et l'idée qu'il se fait de la fragilité du bébé le terrifient. Il craint de rompre quelque chose, de provoquer une fausse couche. L'incompréhension grandit en même temps que le bébé.

Neuf mois d'incompréhension

D'une façon générale, l'homme, pendant la grossesse, se sent exclu. C'est une expérience qui arrive exclusivement à la femme. Il le comprend à l'échographie du deuxième trimestre mais, comme le dit Thierry G., « l'échographie, c'est comme si tu ouvrais une porte cinq minutes pour ensuite la refermer ». Il entraperçoit quelque chose mais les données ne sont pas pour autant intégrées.

Sur le plan relationnel, un fossé se creuse entre la femme et l'homme. La femme a l'impression de vivre sa grossesse seule et l'homme ne comprend aucune des étapes par lesquelles passe sa femme. Pris dans un décalage psycho-affectif, chacun a l'impression de vivre seul ces neuf mois. Deux solitudes sous un même toit : tout à coup ce n'est plus un couple mais deux personnes qui ne se comprennent plus – et l'enfant n'est pas encore né.

La femme enceinte se plonge dans toute une littérature sur le sujet, à commencer par l'indéboulonnable *J'attends un enfant* de Laurence Pernoud, livre qui continue de se transmettre de mère en fille. *J'attends un enfant* : ce genre d'ouvrage, outre tous les conseils utiles aux futures mamans, professe une idéologie de la maternité idéale : c'est merveilleux, vous avez un enfant, votre vie va changer, votre couple va connaître un grand bonheur, une plénitude sans égale. Le chapitre « Attendre un enfant seule » se termine tout de même discrètement sur le rappel que si l'épreuve est trop dure pour la femme, celle-ci pourra toujours l'abandonner sous X, dans l'anonymat – il sera ensuite adopté. Tout cela se veut très rassurant et la tonalité dramatique est toujours épargnée à la lectrice.

La vérité est tout autre. Alors que l'homme panique, fuit la situation dans le travail, s'angoisse, comme en témoigne le film *Neuf mois* de Patrick Braoudé, la femme se pose, elle, les questions suivantes : quand faudra-t-il aller à la maternité ? Que faudra-t-il emporter ? Son compagnon devra-t-il assister à l'accouchement ? Comment ramènera-t-on le bébé de la maternité ? Faut-il acheter un couffin ? Un maxi-cosi ? Un transat, un tapis d'éveil ? Une poussette ou un landau ? Comment le faire rentrer dans l'ascenseur ? Faut-il un lit à barreaux ou un berceau transparent ? Si le bébé doit naître en été, la future mère s'interroge sur le système de climatisation ; s'il doit naître en hiver, elle s'inquiète du chauffage. Elle est terrifiée par les acariens qui grouillent, invisibles, dans sa moquette, et toutes les bactéries qui prolifèrent dans son appartement. Elle va inscrire son fœtus à la garderie ou à la crèche. En effet, il faut l'inscrire dès la conception (ou même avant). On lui répond alors qu'il n'y a plus de place mais qu'on peut se mettre sur liste d'attente où, lui précise-t-on, il y a cinquante-trois personnes avant elle.

Les prématurés : une conséquence de l'efficacité salariale ?

L'augmentation alarmante du nombre de prématurés est à mettre en relation avec le fait que les femmes travaillent dans la majorité des cas jusqu'à sept ou huit mois de grossesse, dans des conditions qui ne sont pas adaptées à leur état. De plus, les femmes faisant des enfants de plus en plus tard, leur grossesse s'en trouve d'autant fragilisée.

Relevé sur le site www.sosprema.com

Définition de la prématurité :

Est prématurée toute naissance qui survient avant 37 semaines d'aménorrhée, soit 35 semaines de grossesse. Au sein de cette prématurité globale, il faut distinguer une prématurité moyenne (de 33 SA à 36 SA + 6 jours), une grande prématurité (28 à 32 SA + 6 jours) et une très grande prématurité (avant 28 SA).

Durée d'une grossesse à terme : 41 semaines d'aménorrhée, soit 39 semaines de grossesse.

La prématurité en chiffres :

1995 = 5,4 % des naissances – 45 000 naissances

1998 = 6,8 % des naissances

2001 = 7,2 % des naissances – 56 000 naissances

SOIT UNE AUGMENTATION DE 20 % DES NAISSANCES PRÉMATURÉES ENTRE 1995 ET 2001.

La prématurité augmente... pourquoi ?

Trois facteurs augmentent le taux de naissances prématurées :

– le développement de la PMA (procréation médicalement assistée) qui favorise les grossesses multiples et donc les naissances prématurées (en 2001, 33 000 naissances étaient multiples) ;

– l'activité professionnelle/la vie que les femmes mènent aujourd'hui ;

– le recul de l'âge de grossesse.

Et l'anesthésiste créa la péridurale

La péridurale a tout simplement changé la vie de la femme. « Tu accoucheras dans la douleur » : la malédiction est terminée. Lorsque la femme ressent les premières contractions, elle se demande : comment nos mères faisaient-elles pour accoucher, comment ont-elles fait pour avoir plusieurs enfants, pourquoi ne nous ont-elles rien dit et pourquoi nous avoir caché que l'accouchement était tellement douloureux ?

Sur une échelle de douleur de 1 à 10, on considère que les douleurs de l'accouchement se situent à 10. Certaines femmes supplient qu'on les tue, tellement elles ont mal. Quelques-unes refusent la péridurale, qui leur paraît dangereuse et antinaturelle, parce qu'elles craignent d'avoir l'impression, après coup, de ne pas avoir mis leur enfant au monde. Des témoignages nous apprennent que certains accouchements sans péridurale se déroulent bien, mais ils sont rares.

Il arrive souvent qu'une femme n'ayant pas souhaité la péridurale supplie l'anesthésiste pour qu'il la lui pose.

Lorsque l'accouchement se déroule mal parce que la péridurale n'a pas été faite ou mal posée, les séquelles peuvent se retrouver dans la relation de la mère à l'enfant. La théorie du cri primal montre que les premières minutes de la vie sont capitales, que l'expérience traumatique de la naissance peut forger des personnalités.

Lorsque la péridurale est bien faite, il est possible d'accoucher de manière rassurante, de profiter de la naissance et de faire en sorte de revenir au paradis : se prendre, l'espace d'un instant, pour Dieu.

Qui a dit que le père devait assister à l'accouchement ?

Aujourd'hui, les futurs pères sont fortement encouragés à assister à l'accouchement. L'image stéréotypée, longtemps transmise par le cinéma, du père qui fait les cent pas et fume cigarette sur cigarette dans la salle d'attente en attendant qu'une infirmière pointe sa tête pour annoncer « c'est un garçon » ou « c'est une fille » est dépassée. Certains futurs pères, néanmoins, ont des doutes quant à la nécessité d'être présents tout au long du travail et de l'accouchement... Ces doutes sont tout à fait légitimes, et même justifiés. Pourquoi encourager les pères à assister à l'accouchement si ce n'est pas pour les inciter à s'occuper de leur enfant plus tard ? Quelle est cette idée selon laquelle le père doit être là lorsque l'enfant paraît et peut disparaître lorsque l'enfant est là ?

Mais le politiquement correct a exigé ces dernières années de l'homme qu'il participe à l'accouchement. C'est un poids qui pèse sur l'homme moderne. S'il n'assiste pas à la naissance de son enfant, c'est un mauvais père, s'il ne tient pas la main de la femme, c'est un égoïste, un peureux, presque un salaud.

Voici ce que nous avons trouvé sur un site Internet réservé aux futurs papas : « Pour beaucoup d'hommes, néanmoins, voir leur partenaire pendant le travail et donner naissance peut créer un immense respect pour son courage et renforcer l'amour qu'ils partagent. Sans oublier que couper le cordon, sortir le bébé soi-même ou encore voir sa tête apparaître sont des émotions uniques que vous porterez à jamais dans votre cœur. »

La vérité est tout autre. D'après de nombreux témoignages recueillis d'hommes qui se sont livrés sans retenue, l'accouchement est un spectacle « gore ». L'homme n'est pas vraiment heureux d'y être confronté et les dégâts possibles sont les suivants : l'homme ne peut plus toucher sa femme, son esprit est envahi par des images mentales de l'accouchement. Il ne peut voir le sexe de sa femme sans penser au carnage sanguinaire auquel il a assisté. Cela détruit la sexualité du couple.

En effet, beaucoup d'hommes ayant assisté à l'accouchement de leur femme n'y voient pas un spectacle réjouissant. Ils parlent de l'odeur de défécation, de sang, d'amnios, de placenta, de la vision de la vulve œdémaciée, démesurée, béante, de la rupture de la poche des eaux, d'un torrent de liquide parfois teinté par le méconium qui sort du vagin. De la progression de la tête dans le vagin qui déforme l'orifice naguère tonique. De l'épisiotomie, des ciseaux qui coupent le périnée avec un bruit de déchirement. Des forceps, ces deux énormes tenailles qu'on introduit parfois pour sortir l'enfant.

Même lorsque l'homme se tient dans une pièce à côté, qu'il a souhaité attendre plutôt qu'assister à l'accouchement, certaines sages-femmes viennent le chercher au moment où la tête s'apprête à sortir. « Venez voir, ça y est, il sort ! » La réaction ne peut être que de dire : « D'accord, j'arrive. » L'homme regarde : l'image qu'il a de sa femme bascule à tout jamais. Il ne le sait pas encore, mais tous les témoignages recueillis l'attestent. Bien que la pression sociale l'oblige à trouver cela « génial », entre sa femme et lui persistera toujours cette vision d'une vulve béante d'où sort une tête. Lorsque la femme accouche, son sexe se transforme en une chose mutante, énorme, dégoûtante, les lèvres de la femme voient leur volume multiplié par dix, et en dehors de l'aspect « gore », le moins qu'on puisse dire, c'est que ce n'est pas très séduisant.

Vingt mille lieues sous la mère

Si l'on repart un peu en arrière, on constate que, dès le début de la grossesse – les témoignages de nombreux hommes concordent –, l'homme se sent trahi.

Amoureux, il a choisi d'épouser une jolie femme ; voilà qu'au fil des mois de sa grossesse, comme l'exprime de manière réaliste mais dévalorisante le terme même de « grossesse », il assiste à la transformation de ce merveilleux corps érotique, tonique, musclé et plutôt mince, en ce que Thierry G. a qualifié devant nous de « baleine ». L'homme ressent cette métamorphose comme une rupture du pacte de confiance entre sa femme et lui.

Que peut faire la femme ? Pas grand-chose, à part s'abstenir de manger. Elle s'accroche autant qu'elle le peut à l'idée qu'une fois qu'elle aura accouché, elle suivra un régime qui lui rendra ses formes, sa ligne, et donc les regards amoureux de son mari. Une fois qu'elle est mère, son grand bonheur est contrebalancé par l'injonction répétée qu'une belle femme, c'est une femme mince, bien habillée, bien coiffée. Dans les mois qui suivent la naissance, ce n'est pas là sa préoccupation principale. Cela tombe bien car, n'ayant pas retrouvé sa ligne, elle s'aperçoit qu'elle ne peut rivaliser avec les autres femmes. Elle subit cette pression, elle sait qu'elle doit se reprendre très vite, pourtant tout ce dont elle a envie, c'est de rester au lit avec son bébé. Au diable les considérations esthétiques, sa sensualité est désormais tournée vers ce petit être qui n'a d'yeux que pour elle, l'aime inconditionnellement, la dévore des yeux et la dévore tout court, cet être qui lui fait découvrir un amour d'une force nouvelle, et qui a besoin d'elle, tout le temps, en raison de son immense vulnérabilité, qu'elle doit protéger, couver, aimer, à toute heure du jour et de la nuit, et qu'elle aime déjà passionnément. Cet être qui occupe toute sa vie, qui prend la place de l'homme aimé, parce qu'il a tous les attributs du grand amour tel que l'ont toujours rêvé les femmes : exclusif, total, éternel, inconditionnel.

L'accouchement aux ciseaux

L'épisiotomie est pratiquée dans soixante-seize pour cent des accouchements. C'est une incision franche du tissu cutané de la paroi vaginale et des muscles sous-jacents destinée à éviter une déchirure lors de l'expulsion et aussi à raccourcir, si nécessaire, la durée de l'expulsion. Certains médecins la pratiquent systématiquement. Les suites de l'épisiotomie sont extrêmement douloureuses. Les douleurs peuvent durer jusqu'à trois semaines après l'accouchement, au moment où le bébé est le plus demandeur des soins de sa mère. L'épisiotomie provoque un relâchement des tissus et il est impératif d'entreprendre une rééducation du périnée pour éviter les fuites urinaires à vie, ou pire, le prolapsus, c'est-à-dire la descente des organes.

Les suites de couches entre l'épisiotomie, les hémorroïdes, les crevasses fréquentes durant la première période d'allaitement sont un moment difficile à vivre pour la femme. Dans notre société, celle-ci n'est, à ce moment-là, ni protégée ni vraiment entourée.

Le mythe de la césarienne facile

Lorsque la césarienne s'est imposée, la femme a le sentiment d'avoir échoué. « Ma pauvre, a-t-on dit à Cécile T., mère césarisée, tu n'as pas eu la chance de sentir le bébé sortir par les voies naturelles. » Sentir le bébé passer entre les parois de son vagin est sans doute une expérience initiatique. Mais pour un grand nombre de femmes dont la santé ne permet pas d'accoucher par les voies naturelles, la césarienne est une chance. La femme ne ressent aucune douleur, et pour le bébé il n'y a rien de traumatique.

Après la césarienne, la douleur est grande en revanche. Celle-ci va continuer pendant plusieurs semaines, parfois plusieurs mois. Cela soulève un dilemme : si la mère a l'intention d'allaiter l'enfant, elle ne doit pas prendre de médicaments contre la douleur. Chaque fois que l'enfant tète, cela contracte l'utérus, ce qui tire sur les sept niveaux de cicatrice.

L'épisiotomie et la césarienne affectent le quotidien, non seulement par la douleur qu'elles entraînent, mais aussi parce qu'il ne faut pas se pencher ni porter de poids si l'on veut que les organes se remettent en place harmonieusement et que la cicatrisation se produise. Mais comment garantir qu'on ne va ni se pencher, ni se plier en deux, ni porter aucun poids, alors que s'occuper de son nourrisson requiert, précisément, tous ces mouvements ?

La femme intouchable

La dernière femme enceinte auprès de qui l'homme a vécu, c'était probablement sa mère à lui, enceinte de son petit frère ou de sa petite sœur. La femme enceinte devient donc à ses yeux quelque chose qui se rapproche terriblement de sa mère à lui, et la désirer équivaut à une forme d'inceste. Devenue mère, elle est intouchable.

De son côté à elle, le sexe n'a plus aucun intérêt. Comblée par l'amour de son bébé, sa libido est éteinte. Les rapports sexuels entre les conjoints ou les époux n'ont plus l'intensité ni le goût de ceux qui ont précédé. Le rapport sexuel entre l'homme et la femme devient un rapport de confort, un rapport fonctionnel. La sensualité est corrompue, l'érotisme ravagé.

Le lien rompu

Combien de mères se remettent à travailler un mois, deux mois après leur accouchement, et se séparent ainsi de leur nourrisson qu'elles aperçoivent à peine le soir ?

Le lien organique entre la mère et son bébé, symbolisé par les montées de lait, montre qu'il est inhumain de séparer la mère du nourrisson durant les premiers mois de la vie de celui-ci. Si une grande partie des mères qui travaillent sont heureuses de le faire, il n'en demeure pas moins qu'un grand nombre souffrent d'une séparation trop rapide d'avec leur bébé. Celle-ci n'est bonne ni pour la mère, déchirée d'être loin de son enfant, ni pour l'enfant qui a un besoin vital de sa mère.

Plusieurs facteurs contribuent à cette double souffrance. Après un moment de fusion post-accouchement où la mère s'est occupée exclusivement de son bébé, la séparation se traduit par un manque physique très important. Elle se sent comme amputée d'une partie d'elle-même et n'attend que de pouvoir à nouveau reconstituer l'unité en retrouvant son bébé.

Elle craint de l'abandonner à une nourrice ou dans une crèche, car elle ignore comment il sera traité. Elle a peur de la négligence, voire de la maltraitance de certaines nourrices, comme l'installation de caméras l'a parfois révélé. Même si la nourrice ou le personnel de la crèche est compétent et attentionné, il faut parvenir à se convaincre que ces étrangers sauront répondre aux besoins du bébé comme elle seule sait le faire. Au milieu de vingt bébés qui braillent, le sien sera-t-il pris dans les bras et rassuré ?

Le bébé, qui a un sens olfactif développé, a besoin de sentir sa mère près de lui. Il reconnaît son odeur et en a besoin pour se repérer. Même si le personnel est remarquable, il ne lui donnera jamais ce dont le bébé a besoin. Le bébé a besoin de sa mère : il faudrait la lui laisser complètement, au moins durant les six premiers mois de sa vie.

De plus, le rapport au temps du bébé n'est pas le même que celui des adultes. Pour le bébé âgé de seulement deux mois, un cycle ininterrompu de huit heures en crèche, c'est l'équivalent, pour une personne de trente-cinq ans, d'une période de soixante et onze jours d'affilée vécue en situation d'abandon. Si l'on raisonne en jours de bureau, cela représente deux cent douze journées, soit sept mois traversés de stress et de nuisances sonores.

Dans de nombreuses sociétés l'enfant est porté sur le dos de la mère pendant au moins deux ans. Notre société, elle, ne songe qu'à séparer l'enfant de la mère, pour des raisons pratiques et théoriques, avec le renfort des pédiatres ou des pédagogues. Les sociétés traditionnelles ont bien compris que le nourrisson ne peut se développer psychologiquement et intellectuellement qu'en lien étroit avec celle qui lui a donné naissance.

John Bowlby, pédiatre et psychanalyste anglais qui a mené une étude sur des orphelins dans les années quarante, a développé l'idée de *bonding*, ou théorie de l'attachement. Jusqu'alors, on disait que la nécessité que l'enfant soit avec sa mère était seulement physique. Ce psychanalyste a montré que la présence de la mère correspondait aussi à un besoin psychologique, et que si ce lien est inexistant – ce qu'il a appelé la « privation maternelle » –, l'enfant en était marqué pour le reste de sa vie : les enfants élevés dans les orphelinats sans l'attention constante de personnes maternantes souffrent de séquelles majeures et irréversibles dans leur vie d'adultes. Selon Bowlby, « l'amour maternel dans la petite enfance et l'enfance est aussi important pour la santé mentale que les vitamines et les protéines pour la santé physique ».

Ces idées ont été développées également par Donald W. Winnicott : « Il est nécessaire, nous dit-il, de ne pas penser le bébé comme une personne qui a seulement faim et dont les motivations instinctives peuvent être comblées ou frustrées mais comme un être immature qui est tout le temps exposé à une anxiété impensable. »

L'ocytocine, hormone de l'amour maternel

Le lien que les nouveau-nés tissent avec leur mère détermine bien le lien qu'ils créeront avec les êtres humains pour le reste de leur vie, comme le montrent les études sur l'ocytocine.

L'ocytocine, hormone de l'attachement, est responsable de l'accouchement et de l'allaitement. C'est l'hormone du rapport aux autres.

Cette molécule favorise le lien entre la mère et l'enfant au moment de la tétée. Des chercheurs du CNRS ont noté que chez les espèces animales qui s'attachent et sont monogames, l'ocytocine est envoyée dans le cerveau lors du premier accouplement. L'ocytocine, sécrétée durant les ébats amoureux, procure des sentiments de satisfaction et de lien. Chez l'homme, le processus est le même et, chez deux individus qui font l'amour, l'ocytocine est libérée dans leur hypothalamus où elle forme avec la dopamine le duo neurochimique du plaisir.

Quand on prend un enfant dans ses bras et qu'on lui donne de l'affection, on stimule sa production d'ocytocine. À l'inverse, un enfant privé de sa mère développe un syndrome de manque. Les nombreuses études menées dans ce domaine montrent que les adultes qui ont souffert d'un tel déficit sont incapables d'aimer et d'être bien avec les autres. Cette carence en ocytocine peut être ponctuellement stimulée, notamment par les massages ou par l'interaction des peaux lors du rapport sexuel, mais son taux chute quelques heures après. Ces stimulations ponctuelles ne rattrapent jamais la carence originelle et ne peuvent apaiser l'individu ni socialement ni dans sa vie personnelle.

Les chercheurs attribuent certains comportements sexuels – comme par exemple la multiplicité des aventures – à une carence en ocytocine que l'individu chercherait désespérément à combler. Si les massages connaissent dans notre société un développement exponentiel, n'est-ce pas parce que bon nombre d'entre nous manquent de ce rapport tactile, essentiel et presque fondateur, qui permet de retrouver le bien-être et donc le bonheur ?

Notre faculté d'aimer a été détériorée par une insuffisance d'amour au début de notre existence. Nous sommes des bébés qu'on a laissés pleurer dans leur berceau, qu'on a négligés ou abandonnés à d'autres. Comme le dit Arthur Janov dans *La Biologie de l'amour*[1], « l'amour ressenti au début de la vie devient un souvenir physiologique indélébile qui peut par la suite éviter la maladie, prévenir l'anxiété, éliminer les phobies et donner à la personne la faculté d'aimer ». Beaucoup de nos problèmes en tant qu'adultes résultent de ce que, même si nous avons été aimés, nous

1. Éditions du Rocher, 2001.

n'avons pas été assez pris dans les bras par nos parents.

Les dernières recherches des cognitivistes montrent également l'importance de la présence de la mère auprès de l'enfant. Arthur Janov nous apprend que si, au cours des premiers mois de sa vie, la mère ne le regarde pas dans les yeux avec amour, ne le caresse pas, ne le prend pas dans les bras, le manque affectif de l'enfant freinera le développement des neurones de son cortex : « Lorsqu'un nouveau-né a peu de rapports émotionnels avec sa mère, les cellules nerveuses ne se développent pas correctement dans certaines structures de son cerveau. Son cortex pré-frontal – la couche extérieure de neurones qui projette, réfléchit, raisonne et intègre – est endommagé par ce manque affectif précoce et ne fonctionnera pas aussi efficacement par la suite. »

Il existe une différence entre le sentiment qu'éprouve la mère pour son bébé et ce que son enfant reçoit effectivement. En effet, comment le bébé pourrait-il ressentir l'amour de sa mère s'il ne la voit pas ? Il n'est pas encore en mesure de raisonner et de se dire : elle n'est pas avec moi mais je sais qu'elle m'aime. Ce qu'il ressent, c'est le manque d'amour causé par cette absence. Le rapport au temps de l'enfant accentue considérablement cette impression de manque. Cette absence d'expression concrète, physique, de l'amour maternel se traduit par la détresse. Comme le dit Janov, « un stress important ou un sentiment d'abandon au cours de ses deux premières années peut provoquer une sorte d'élagage de ses neurones corticaux qui peut diminuer sa faculté d'affronter le stress à l'avenir ». Les bébés que l'on n'a ni touchés ni pris dans les bras ont des taux d'hormone de stress anormalement élevés, comme l'a révélé une enquête sur des orphelins roumains. En 1997, Michel Meaney du Douglas Hospital Research Center de Montréal, a montré que la présence de la mère auprès de son bébé garantit de faibles taux d'hormone de stress. Étreindre un bébé, nous dit-il, c'est comme si on injectait dans son corps une dose de sérotonine, tranquillisant endogène, équivalente à vingt-cinq milligrammes de Prozac. Aux États-Unis, des autocollants demandent : « Avez-vous pris votre enfant dans les bras aujourd'hui ? »

Pour Janov, cela explique pourquoi nombre d'entre nous ont besoin d'analgésiques « pour étouffer les pleurs de ne pas avoir été aimés au début de leur vie », et aussi pourquoi il y a tant d'individus frustrés qui deviennent férocement ambitieux, d'autres qui se précipitent sur la nourriture ou le sexe, la drogue, ou sont sujets aux addictions et aux problèmes sexuels.

Pour une politique du bébé

Il ne s'agit pas de culpabiliser les mères : elles le sont suffisamment, et injustement. Plutôt que d'accuser les mères, interrogeons notre société. N'y aurait-il donc pas moyen d'entamer une réflexion politique sur ce sujet ? Un bébé n'est pas une personne qui compte moins qu'un adulte, au prétexte que sa pensée n'est pas encore articulée, et qu'il ne possède pas encore le langage. Un bébé, c'est un homme ou une femme de demain, c'est l'avenir d'une société, l'avenir d'un pays. Faire tout ce qu'il faut pour que ce bébé se développe harmonieusement revient à préserver l'harmonie de la société de demain.

Les bébés méritent le respect au même titre que les P-DG de grands groupes industriels, au même titre que les personnalités célèbres, au même titre que les enfants des cités, les mamies de province, au même titre que chacun d'entre nous. En négligeant ces petits individus en devenir que sont les bébés, on condamne la société à devenir froide et cruelle. Enlever la capacité d'amour à un être humain, c'est en quelque sorte participer à sa déshumanisation. Le cynisme chimique et organique autant que culturel vient de là. Le bébé est un enjeu crucial de notre société.

Le bébé industriel

La société ne sait pas quoi faire des bébés, de la même façon qu'elle ne sait pas quoi faire des personnes âgées : elle les met dans des maisons à part.

La crèche présente de nombreux défauts : manque de place, manque de souplesse. Comment fait celle qui doit rester au travail après dix-sept heures, lorsque la crèche ou la garderie ferme à dix-huit heures et qu'elle travaille à une heure de chez elle ? Comment fait celle qui rentre à vingt heures trente, qui n'a pas vu son enfant de la journée, voire de la semaine ? Comment fait celle qui, payée au SMIC, élève seule son enfant ? La question de la garde des enfants est cruciale dans la vie des femmes. En général, les femmes, si elles le pouvaient, aimeraient se consacrer à leurs bébés la première année. Certaines aimeraient les allaiter, et on connaît les avantages de l'allaitement, favorable au développement physique et affectif du bébé : il développe les défenses immunitaires et tisse un lien affectif entre la mère et son bébé. La meilleure crèche pour l'enfant, c'est l'allaitement. Au sein il se calme, il est serein. Il est là où il devrait être à son âge. Comme le souligne Claude Didierjean-Jouveau, présidente de la Leche League française, dans *Les Dix Plus Gros Mensonges sur l'allaitement*[1], en Norvège 99 % des enfants sont allaités à la naissance. Pourquoi la France ne permet-elle pas aux bébés de bien commencer leur vie ?

Pour certains penseurs, comme Geneviève Delaisi de Parseval[2], les structures collectives accueillant de nombreux enfants, telles les crèches, ne sont pas toujours bénéfiques aux enfants de moins d'un an. Outre le développement de bronchiolites, il semble que certains supportent mal la vie collective précoce. Il faudrait concevoir des dispositifs échelonnés selon l'âge des enfants. Pendant les tout premiers mois, des congés parentaux existent déjà. Pour les enfants entre trois mois et un an, on pourrait systématiser les crèches parentales ou familiales, les assistantes

1. Édition Daryles, 2006.
2. Psychanalyste, chercheur en sciences humaines, spécialiste de bioéthique.

maternelles qualifiées bien logées et dotées d'objectifs éducatifs précis.

La solution doit passer aussi par les entreprises, selon les modèles que nous donnent la Suède ou le Danemark. On s'est aperçu que respecter les horaires des parents et leur donner le mercredi ne diminue pas l'efficacité, au contraire.

De la même façon qu'il existe un commerce équitable et que se développe une éthique de la consommation, devrait se développer une « éthique des bébés » dans l'entreprise. On saura que telle ou telle entreprise est favorable au bien-être des bébés. Si les entreprises dont la taille le permet possédaient une crèche intégrée, celle-ci permettrait aux mères qui travaillent d'y laisser leur enfant à neuf heures du matin plutôt qu'à sept heures, ainsi que de les retrouver pendant leur pause-déjeuner, et juste après le travail. Cela permettrait aux femmes qui le souhaitent de continuer d'allaiter. Ce bénéfice, réel et mesurable pour les bébés, en serait un également pour les mères. Moins inquiètes, plus heureuses, elles travailleraient plus sereinement, augmentant d'autant leur productivité.

La mère au foyer : inactive ?

Si la mère qui travaille doit jongler entre sa vie professionnelle et sa vie familiale, elle a du moins l'opportunité d'être valorisée. Elle est valorisée à son travail de différentes manières : par son salaire, par des augmentations ou primes de fin d'année, par des encouragements, félicitations et remarques positives de son environnement, par des promotions à l'intérieur de l'entreprise, par son entourage familial, puisqu'on respecte toujours une personne qui travaille à l'extérieur.

La femme qui a décidé de se consacrer à l'éducation de ses enfants – soit que l'idée vienne d'elle, de son mari et d'elle, ou seulement de son mari, soit qu'elle n'ait pas retrouvé de travail après avoir élevé ses enfants, soit qu'elle n'ait pas déniché un mode de garde satisfaisant ou abordable – n'est jamais valorisée.

Être une mère qui ne travaille pas, c'est apparaître comme un parasite. La femme au foyer est l'objet de tous les fantasmes : voilà une personne qui ne produit rien, qui est entretenue, qui a le temps de faire ce qu'elle veut, qui a de la chance, qui est une privilégiée, à qui la difficulté de la vie et du monde du travail est épargnée, une femme qui a le temps de vivre.

Or être mère est une profession à part entière, qui exige le sens des responsabilités, la prise d'initiatives, des capacités intellectuelles, physiques et émotionnelles, une grande réactivité, un sens du management, une capacité d'adapter ses horaires aux charges nouvelles qui peuvent surgir, de la bonne volonté face aux tâches supplémentaires, la capacité de supporter un environnement stressant et un chef parfois tyrannique – l'enfant – et un collègue de bureau qui pratique l'absentéisme – le mari. Une étude américaine a montré que le métier de mère de famille prédisposait à la fonction de « manager ». Lorsqu'on a élevé trois enfants, qu'on a appris, souvent dans l'urgence, à résoudre des conflits de toutes sortes, on a développé tous les talents nécessaires au métier de manager, et lorsqu'on reprend le travail et qu'on est amené à occuper cette fonction, on l'exerce mieux que les hommes, et mieux que les femmes qui n'ont pas connu l'expérience de la maternité.

Le *burn-out* maternel

La mère est à la fois infirmière, maîtresse d'école, cuisinière, femme de ménage, mécanicienne, couturière, secrétaire, chef comptable, chauffeur, animatrice, conseillère pédagogique, psychologue. Tous ces rôles simultanés ont été évalués, selon une étude anglaise, à vingt-quatre mille livres sterling par an, soit plus de quarante mille euros en valeur travail.

La psychologue Violaine Géritault, dans *La Fatigue émotionnelle et physique des mères* [1], dresse un constat alarmant : les mères, épuisées, à bout de nerfs, souffrent de cette forme particulière de dépression qu'est le *burn-out*.

Le *burn-out* est un état d'épuisement qui a été observé d'abord dans le monde du travail, chez les infirmières, et chez tout professionnel surmené et non valorisé par son entourage dans un environnement qu'il ne contrôle pas. Il se traduit par trois phases :
– épuisement émotionnel et physique,
– dépersonnalisation ou distanciation,

1. Odile Jacob, 2004.

– reniement des accomplissements présents, passés et futurs et baisse de la productivité.

L'infirmière donne de l'attention, de la tendresse, de la gentillesse, sans limites. On attend d'elle qu'elle soit là pour soigner, écouter, prodiguer des soins en toute circonstance. Pourtant elle obtient peu de reconnaissance en retour. On a observé qu'au bout de plusieurs années de travail, les infirmières sont vidées de leur énergie. Et cependant elles continuent de travailler, avant de traverser la phase où elles se désinvestissent émotionnellement de leur travail pour passer au troisième stade de *burn-out* où elles finiront par ne plus faire que le strict minimum, de façon froide et automatique.

Le modèle du *burn-out* appliqué à l'expérience de la mère est révélateur. Malgré les joies immenses que procure le métier de mère, c'est un travail ingrat, prenant et imprévisible. « En effet, dit Violaine Guéritault, quel être humain sensé accepterait un labeur qui requiert sa présence vingt-quatre heures sur vingt-quatre, trois cent soixante-cinq jours par an, dans des conditions de stress important, où l'imprévisibilité des événements est constante, où la sensation de contrôle, le soutien psychologique, émotionnel et matériel et la reconnaissance d'autrui sont rares ? »

Le stress de la mère au foyer est généralement d'intensité moyenne. S'il était vécu de façon ponctuelle, il ne produirait aucun effet néfaste. Le problème, c'est que ce « stress d'intensité moyenne » est à répétition, voire permanent. Le fait qu'il ne soit pas causé par quelque chose de spectaculaire le rend difficilement compréhensible ou même palpable par les autres, que ce soit le mari ou l'entourage immédiat.

La surcharge de travail caractérise la mère qui doit être vigilante vingt-quatre heures sur vingt-quatre, quelles que soient les circonstances. L'absence de contrôle et l'imprévisibilité de l'environnement sont aussi des caractéristiques de sa vie. L'absence de récompense ou de reconnaissance est frappante. Demandez à une femme la dernière fois où son mari ou quelqu'un de son entourage lui a dit : tu es une maman formidable. Quand reçoit-elle la moindre reconnaissance ?

Personne ne se rend compte de ce qu'est la réalité quotidienne d'une mère. Les grands-parents ont oublié ce que c'était. Le mari ne se retrouve presque jamais seul avec ses enfants pendant un jour entier à la maison. Nombre de femmes nous ont dit qu'ayant confié leurs enfants pendant quelques heures à leur mari, celui-ci en parlait pendant des semaines, visiblement comme d'une expérience traumatique. Les amis qui n'ont pas d'enfants ne peuvent imaginer ce que c'est, ceux qui en ont n'ont le temps ni d'en parler ni d'écouter.

La mère est donc jugée sévèrement. Elle n'a pas droit à l'erreur. Non seulement personne ne voit tout ce qu'elle fait mais, en plus, elle serait malvenue de s'en plaindre sous peine d'être qualifiée de mauvaise mère. Chacun ne voit que ce qu'elle ne fait pas. Les mères se retrouvent culpabilisées par le regard de leur entourage qui les accuse de mal remplir leur tâche.

De nombreuses études ont montré que, dans l'entreprise, un salarié qui n'est valorisé ni par la parole ni financièrement sombre dans la dépression et se désintéresse de son travail. Les mères qui s'épuisent dans cette avalanche de tâches répétitives sont menacées par ce que le corps médical appelle la dépression. Mais présenter ainsi le problème, c'est encore accabler les femmes. En effet, cela laisse croire, une fois de plus, que tout est leur faute. Si elles sont épuisées, si malgré l'amour pour leurs enfants elles n'y arrivent plus, c'est parce qu'elles sont devenues dépressives. Or les mères ne sont pas seules responsables. La responsabilité incombe aussi à la société.

Un grand nombre de femmes ayant mené une carrière avant d'être mères au foyer s'accordent à reconnaître que la vie professionnelle est beaucoup moins stressante que la vie de mère au foyer. Tout simplement parce que, dans la vie de mère au foyer, on perd totalement la sensation de contrôle. Comme le rappelle V. Guéritault, « la sensation de ne pas pouvoir contrôler ce qui lui arrive constitue un facteur de stress majeur pour l'être humain ». C'est la mère qui est en première ligne lorsque l'adversité frappe, c'est elle qui prend tout en charge.

Dans des cas extrêmes, certaines mères peuvent en arriver à déraper, à provoquer notamment ce qu'on appelle le syndrome du bébé secoué, assez fréquent et particulièrement dommageable pour l'enfant. De plus, le phénomène des mères infanticides, dont l'actualité nous donne régulièrement des exemples, démontre l'acuité du problème qui frappe les mères aujourd'hui. Il est confortable de penser que ces mères qui dérapent sont folles, mais le témoignage de l'une d'elles, excédée par les cris incessants de ses enfants, donne à réfléchir : « J'avais envie d'en prendre un pour taper sur l'autre. » Avant qu'elle n'ajoute que cette pensée l'avait plongée dans un profond désespoir, parce qu'elle aime ses enfants plus que tout.

Où sont les pères ?

C'est vrai, les hommes n'ont jamais été très impliqués dans les tâches parentales. Autrefois, au moins, ils représentaient l'autorité et transmettaient certaines valeurs. Aujourd'hui il incombe aux mères de donner les ordres, de punir et d'éduquer, face au manque paternel. En effet, plus que la question « où sont les pères ? », on peut se demander s'il y a encore un père. Le gynésupporter n'est pas toujours un guide. Comme il valorise la femme, il peut aller parfois jusqu'à s'éclipser. Il ne reste plus alors qu'un compagnon qui est un grand frère plus qu'un père. Quant au gynékiller, ses qualités de père sont effacées car il est un mari maltraitant.

Est-ce la faute des mères ou celle des pères ? Les mères toutes-puissantes ne laissent-elles plus leur place aux pères ou les hommes ont-ils démissionné, abdiqué leur rôle, obligeant les femmes à assumer le rôle du père ? La démission des hommes enseigne à la femme qu'elle peut élever un enfant seule. C'est possible, oui, mais à quel prix ? Au prix d'elle-même. Et au prix de l'homme qui se trouve de facto exclu de la cellule familiale.

Le *burn-out* du couple

La multitude de choses qu'accomplissent respectivement la femme et l'homme, leur travail, leurs trajets, pour la femme, la maison et les enfants après sa journée de labeur, fait qu'une fois les enfants couchés, à vingt et une heures, la situation explose. La discussion la plus anodine devient source de conflit. La fatigue cause la nervosité, et la nervosité crée les incompréhensions, le sentiment que l'autre ne comprend ni ce qu'on vit ni ce qu'on dit. Dans cet état de *burn-out*, il est facile de se braquer, de déraper, et les meilleures intentions du monde volent en éclats. Le stress accumulé arrive à un paroxysme. On se retrouve rapidement pris dans un cercle vicieux, une spirale de négativité qui s'auto-entretient et dont il est capital de s'extraire. Ce stress a besoin de sortir à la fin de la journée, parce que le couple arrive en dernier chronologiquement et aussi dans l'ordre des priorités. La conversation s'envenime comme dans les expériences menées par Henri Laborit : lorsqu'on soumet à un stress répété un couple de rats, ils développent une terrible agressivité l'un contre l'autre. De la même façon dans notre société, les couples sont voués à se disputer, à se sauter au visage, à se haïr.

Le mythe du divorce libérateur

Entretien avec Maître V., avocate en droit de la famille.

C'est toujours la femme qui m'appelle, qui prend le truc en main. Les hommes ne veulent pas endosser la responsabilité. Ils ne veulent pas être en échec. Même s'ils trompent, sont séropositifs, homosexuels, ils ne demandent pas le divorce. Ils sont dans le déni, ils n'acceptent pas que ça n'aille plus. Les femmes veulent divorcer même si c'est une galère, car elles sont plus dans leur désir que l'homme. Elles se remettent moins du divorce puisque c'est elles qui l'ont imposé aux enfants et que cela entraîne une réelle culpabilité. Les hommes ont une plus grande capacité à se faire passer pour des victimes alors qu'ils ne le sont pas. En dix ans de métier, j'ai fait mille cinq cents divorces, je peux dire que tous les hommes sont lâches. Ils souffrent moins, ou plus exactement sont dans le déni de la souffrance. Les femmes assument le fait qu'elles souffrent. Les hommes ne vont pas au fond de la souffrance. Les pensions sont toujours insuffisantes. Quand on divorce à trente-cinq ans, le juge dit : vous pouvez aller bosser. Il y a une injustice parce que l'homme paye les choses visibles, impôts, maison, vacances, et les femmes le quotidien, mais le quotidien comment le démontrer ? Les femmes qui gagnent plus que les hommes se font cartonner.

Il y a plus de divorces depuis que les femmes travaillent. Elles ont du mal à être à la fois la mère et la putain. C'est dur d'endosser tous les rôles. Les femmes sont fatiguées, les hommes non. Une fois qu'elles ont tout fait, elles ont plus envie d'être en jogging qu'en porte-jarretelles. Le déni de maternité est général chez les hommes comme chez les femmes. Une femme ne doit pas grossir même quand elle est enceinte. Les hommes veulent que leur femme sorte de la maternité dans son jean. Les femmes luttent pour rester minces et belles. Il y a de plus en plus de divorces avec des enfants en bas âge. Les enfants sont une vraie cause du divorce. « Moi j'ai quitté ma femme pour une femme moins chiante », disent les hommes. Les femmes sont chiantes car elles veulent tout bien faire, donc elles sont obligées d'être chiantes.

Les femmes divorcent parce que leur vie ne correspond pas à ce qu'elles espéraient. Elles sont épuisées. Elles se disent : pourquoi je vis cela ? Quel intérêt de rester mariée, je m'occupe de tout, quel intérêt de rester avec ce mec ?

Les juges ne veulent plus juger, ils sont de plus en plus déresponsabilisés, ils ne veulent plus trancher. La loi de 2004 a introduit la notion de coparentalité : quand tu te sépares, il faut respecter l'autre et t'entendre bien avec ton conjoint. On refuse la notion de conflit.

Avant, les pères ne demandaient rien, c'est pour cela qu'ils n'avaient rien. Aujourd'hui, un père qui demande la garde alternée est à peu près sûr de l'obtenir. On a vu des gardes alternées sur un enfant de trois mois, la mère a dit « je l'allaite », le juge a répondu « vous n'avez qu'à arrêter de l'allaiter ». Mais le besoin charnel de l'enfant est avec la mère. Le juge peut imposer la garde alternée contre l'avis des parents. Le consensus est dur à trouver puisque les couples sont en crise.

La femme divorce car elle n'a plus d'existence dans le couple, parce que son identité est niée, et qu'elle est épuisée. Mais après le divorce, elle ne l'est pas moins. Le divorce conduit à un surcroît de charges et de responsabilités. Elle doit résoudre seule tous les problèmes qui se présentent. Le divorce entraîne une paupérisation, du fait que le coût de la vie augmente. Lorsqu'elle est contrainte de quitter son appartement familial, elle se retrouve dans un studio, comme quand elle était étudiante, à devoir tout recommencer de zéro, alors qu'elle est déjà avancée dans la vie. Désormais, elle ne peut compter que sur elle. Elle travaille plus que jamais parce que ce n'est pas le moment de se mettre en danger professionnellement. Elle apprend à mentir, se remet à porter une alliance, s'invente parfois un mari pour se faire respecter. Elle se cache. Elle a peur. Elle dort mal, souffre d'insomnie. Elle passe bien des nuits à pleurer sur son oreiller. Elle veut croire qu'un jour elle réussira à retrouver un équilibre, et que la vie ne sera pas toujours aussi dure. Refusant d'être victime, elle pousse le dynamisme à son paroxysme. Elle est dans la survie. Mais jour après jour, elle s'épuise.

Elle sait qu'elle est perçue comme plus vulnérable, donc elle fait en sorte que cela ne se voie pas. Elle souffre de la méfiance envers la femme divorcée, et du fait que chacun pense en secret qu'elle n'a pas fait ce qu'il fallait pour garder son mari. Ses amies s'en détournent : la femme divorcée peut prendre leur mari.

Dans les années soixante, être une femme divorcée revenait à être une pestiférée. On n'était plus invitée nulle part. Et aujourd'hui ? En fait, rien n'a changé. La femme divorcée est souvent perçue comme un danger pour le couple établi car elle donne l'exemple de la femme qui a pris en main son destin, ce qui remet en cause les fondements du couple. Seule, elle essaye de se mettre toujours à son avantage au cas où elle rencontrerait un célibataire.

Le divorce était censé libérer la femme des chaînes du mariage. En fait, le grand gagnant du divorce, une fois de plus, c'est l'homme. Il trouve bien vite une femme – à moins qu'il ne parte rejoindre celle avec laquelle il a trompé sa femme. Il retrouve sa liberté, son autonomie financière, il peut avoir autant d'aventures qu'il veut, et se remarier éventuellement. Il souffre moins de l'avancement de l'âge. Le divorce pour lui est une deuxième vie, un nouveau départ. Pour la femme, c'est souvent la fin du monde.

La femme divorcée avec enfant(s) : la double peine

La mère divorcée avec enfant est plus que toute autre sujette au *burn-out*. C'est une femme qui s'épuise mais s'interdit de s'épuiser.

L'enjeu pour elle n'est pas de retrouver sa liberté,

mais sa dignité. Qu'est-ce que la dignité d'une femme ? Simplement ne pas être rabaissée, trompée, ou tout simplement ignorée. En général, celle qui a initié le divorce traverse plusieurs étapes. La première est celle de l'exaltation d'avoir retrouvé sa liberté et donc sa dignité, puisque les deux sont alors associées dans son esprit. Mais elle ne dure pas longtemps, car très vite le surgissement de problèmes matériels lui fait perdre toute légèreté. De plus, elle est assaillie par la culpabilité vis-à-vis des enfants. Cette culpabilité prend une nouvelle dimension lorsqu'elle se retrouve dans la réalité du divorce : lorsqu'elle doit vivre seule avec ses enfants. Elle se demande alors si elle a bien fait de divorcer, si ce n'était pas la bêtise de sa vie, si c'était le meilleur choix pour ses enfants, et s'ils en sortiront indemnes.

Cette question est complexe. En effet, comment prévoir la façon dont les enfants grandiront dans ce nouveau schéma familial, ou plutôt cet anti-schéma familial ? Les pédiatres et les thérapeutes assurent que le bien-être de la mère est capital. Si une mère n'est pas heureuse, son enfant en souffrira. Autrement dit, mieux vaudrait une mère divorcée heureuse qu'une mère toujours mariée et malheureuse dans son couple. Mais ce n'est pas si simple. Divorcer pour une femme qui était malheureuse dans son ménage suffit rarement à lui rendre le bonheur.

Voilà une mère qui ne sait pas de quoi sera fait le lendemain. Elle a une vision à court terme, et elle redoute la précarité. Elle craint pour le bien-être de ses enfants, tant sur le plan affectif que psychologique et matériel. Bref, la sécurité est franchement inexistante, tandis que les besoins strictement physiologiques peuvent être menacés.

Le choc qui résulte de cette prise de conscience est violent. Mais la femme y fait face, parce qu'il n'y a pas d'autre option et qu'elle a des bouches à nourrir, une vie à reconstruire pour protéger ses enfants – matériellement ou émotionnellement – en leur procurant à nouveau une stabilité réelle, la confiance, une vie débarrassée de ce sentiment de précarité.

Retrouver ce nouvel équilibre de vie est un défi ahurissant. C'est littéralement prendre sa vie entre ses mains, la tordre pour lui donner la forme qu'on voudrait qu'elle ait. La femme divorcée avec enfants, malgré son volontarisme, sa rage de surmonter la difficulté, sait qu'elle a très peu de temps pour se refaire, c'est-à-dire retrouver une sécurité matérielle et émotionnelle. Non pas seulement parce qu'il y a une limite d'âge, mais parce qu'il est urgent que ses enfants connaissent à nouveau une situation sécurisante.

Lorsque le nouvel équilibre est atteint, généralement arraché après une lutte acharnée, la femme divorcée peut à nouveau connaître la sérénité. Et elle l'apprécie d'autant plus qu'elle en est le seul auteur. Le fait qu'elle soit parvenue à s'en sortir est source de fierté. Voilà une femme qui a accepté de tout perdre pour refaire une vie qui lui permette d'être en accord avec elle-même. Voilà une femme qui a trouvé des fenêtres à ouvrir là où toutes les portes s'étaient refermées. Voilà quelqu'un qui s'est battu, et qui a gagné.

Mais elle reste très vulnérable sentimentalement. Elle n'a pas connu l'amour depuis longtemps. Si un homme se présente, il y a fort à parier qu'elle tombe dans ses bras, si un homme la touche, qu'elle en soit bouleversée. Lorsqu'une femme n'a pas été regardée par son mari pendant longtemps, son corps connaît une carence de tendresse abyssale. Pour surmonter ce qui était au départ une frustration, elle a en quelque sorte séparé sa tête de son corps et mis entre parenthèses sa sexualité. Cette femme coupée en deux, exposée au regard désirant d'un autre homme, cette femme qui croit ne plus avoir de corps, ne plus avoir de désir, va vivre une explosion sensuelle à la première étreinte venue. Elle va retrouver son corps. Ces retrouvailles, cette unité redécouverte vont lui apparaître comme une révélation et elle tombera amoureuse de cet homme qui lui a rendu sa féminité, qui l'a fait renaître à elle-même.

Cette première relation après le divorce est capitale car elle permet à la femme de se reconstruire sur le plan narcissique : elle plaît, elle est désirable. Cela vient contredire les messages envoyés par son mari depuis des mois, voire des années.

Cependant, dans le cas où cette relation nouvelle tourne court, ce narcissisme fraîchement rétabli s'effondre encore plus bas qu'il ne l'était juste après le divorce. Alors tout lui revient en boomerang. Non seulement elle n'a pas su bien choisir son mari, puisque la relation a abouti à un échec, mais en plus elle a le sentiment de n'avoir pas progressé dans son discernement par rapport aux hommes. Elle perd toute confiance en elle, et tout espoir de construire un jour une relation sereine, harmonieuse, avec un homme.

Typologie des hommes rencontrés après le divorce

L'homme sans enfants

Pour la femme divorcée avec enfants, il existe deux grands types d'hommes : les hommes avec enfants et les hommes sans enfants. Les hommes avec enfants comprennent généralement ce que c'est qu'un enfant. Ils savent improviser un plat de coquillettes au beurre, et ne sont pas furieux s'ils sont réveillés par un cauchemar. Les hommes sans enfants ne comprennent pas la situation de la femme divorcée avec enfants. Ils ne parlent littéralement pas la même langue. Le plus souvent, l'homme sans enfants ne supporte pas que l'attention de la femme puisse se porter sur une autre personne que lui. Même s'il s'en veut parfois d'avoir ces pensées, il ne peut s'en empêcher. Si l'enfant est un garçon, c'est pire. D'abord c'est un rival, ensuite il ressemble au père. Cet homme est exclusif, voire infantile, sous ses airs virils. Au début, il n'en montre rien, mais très vite il fait comprendre à la femme qu'elle devra choisir ce qui compte le plus pour elle. Bien entendu, pour la femme le choix est fait.

Le cyberprétendant

Au début, les femmes ont toutes la même réaction : les sites de rencontres, c'est le marché aux bestiaux. Quelques mois plus tard, alors qu'elles se trouvent face à l'implacable réalité de notre société – il est très difficile de rencontrer quelqu'un –, elles voient la chose sous un autre jour. D'autant que tout le monde y va, donc après tout, pourquoi pas elles. C'est le moment de se mettre sur son trente et un pour une jolie photo, ou d'en retrouver une, une photo d'elles heureuses, bronzées, belles, et quelquefois cette photo-là est celle du bonheur d'avant, savamment découpée. À leur décharge, les hommes en font tout autant. Souvent, il reste une main de femme posée sur leur épaule.

La photo est scannée, le questionnaire rempli, c'est le début de la grande aventure. Le fait de savoir qu'elle va, chaque soir, retrouver des gens est un divertissement, une sorte de rendez-vous, et tout à coup elle a l'impression de ne plus être seule, de faire partie d'une communauté de personnes qui, comme elle, sont seules. Très vite, cela devient addictif. Il y a toujours de nouvelles têtes, des milliers de milliers de têtes à découvrir, et la perle rare, elle le croit en tout cas à ce moment-là, se trouve quelque part.

Les conditions de rencontre sont différentes des conditions normales. En effet, elle n'entend pas la voix de son interlocuteur, et ne sait de lui que ce qu'il veut bien lui dire. Elle a donc une vision tronquée de la globalité de sa pensée, de ce qu'il est et même souvent de ce à quoi il ressemble (beaucoup d'hommes gardent leurs lunettes de soleil sur les photos). Désinhibée par l'anonymat, elle s'appelle Étoile127 ou Fleurdudésert et elle se livre davantage que si elle se tenait en chair et en os face à cette personne. L'autre en fait autant, elle croit à une grande complicité, tombe un peu amoureuse au fil de l'échange des mails. Vient le moment où elle dévoile sa véritable identité.

C'est la rencontre. L'un des deux est surpris car la photo était plus avantageuse que la réalité. L'un des deux est gêné de tout ce qu'il a dit. Et tous deux s'aperçoivent que la complicité virtuelle et la bonne volonté ne suffisent pas à créer le sentiment amoureux, ni même l'attirance. Parfois ils décident quand même de laisser une chance à cette rencontre, de passer un moment ensemble. Comme il n'y avait pas de magie au café, il n'y en a pas non plus au lit. Ils ne se rappellent plus. L'aventure est terminée avant même d'avoir commencé : après tout, elle était virtuelle.

L'homme divorcé

L'homme récemment divorcé a un compte à régler avec les femmes. Il est peut-être encore amoureux de sa femme. Il n'a pas encore éclairci ses problèmes, et n'est pas conscient du fait que si son mariage a périclité, il y était aussi pour quelque chose. Il manque de maturité, il n'a pas encore compris ce qui s'est passé. Il est une victime attachante, mais aussi un danger, car il risque fort de répéter ses erreurs. Il traverse une phase où il se jette à corps perdu dans une boulimie d'aventures sans lendemain.

L'homme divorcé depuis quelques années est nettement plus fréquentable. Passé cette frénésie, il se remet à chercher l'âme sœur, ou en tout cas une compagne. Dans l'ordre de priorités il la cherche jolie, douce, gentille, compréhensive, qui adhère à ses choix de vie et à ses valeurs. Il a envie avant tout de complicité et de tranquillité, il ne veut pas une femme qui lui fasse des scènes ou le précipite dans le conflit. Il cherche quelqu'un de tendre, doté d'une réelle souplesse d'esprit, quelqu'un qui ne soit ni jaloux, ni paranoïaque, ni trop angoissé, ni instable, une femme bien dans sa peau, et bien dans sa vie. Parce que lui, au prix de nombreux efforts et d'une réelle introspection, l'est enfin. Généralement, après le choc de son divorce, il s'est interrogé sur le pourquoi du comment de ce chaos. Il a donc vu un thérapeute ou un analyste, il a pris conscience de beaucoup de choses et a réellement progressé. L'une de ses motivations étant que la prochaine fois qu'il sera dans une relation, il veut que tout se passe bien.

Le vieux copain

Après un divorce, de nombreuses femmes se prennent à penser à un ancien ami perdu de vue depuis longtemps, quand elles avaient quinze, dix-huit ou vingt-cinq ans. C'était une union magique, mais non consommée, une amitié sans faille, une tendre complicité dont chacun autour d'eux s'étonnait qu'elle ne se transforme pas en grand amour. Personne ne la comprenait mieux que lui, personne n'était aussi fiable qu'elle. Tout à coup l'évidence apparaît : c'était peut-être lui, l'homme de sa vie, et elle ne s'en était pas rendu compte ! Elle le cherche, et grâce à Google ou à des amis communs restés en contact avec lui, elle le retrouve. Elle apprend qu'il n'est pas marié. Explosion de joie, retrouvailles, exaltation des deux, rapports sexuels, projets d'avenir : du grand soleil sous un ciel bleu. Le problème, c'est qu'elle projette sur lui et lui sur elle un souvenir d'il y a vingt ans. Et que chacun de son côté, sur son chemin, a beaucoup changé. Chacun projette le fantasme adolescent d'une union parfaite. Lorsqu'elle s'aperçoit que, malgré l'enthousiasme, il y a des points profondément incompatibles, elle est dévastée. Lui aussi d'ailleurs. La relation qui a démarré sur les chapeaux de roues explose en vol avant même d'avoir pu prendre sa vitesse de croisière. Et elle se rend alors à l'évidence : si ça ne s'est pas fait il y a vingt ans, c'est qu'il y avait peut-être une raison.

L'amant providentiel

Il respecte sa vie, ses horaires, il l'accepte comme elle est et ne lui demande aucun compte. Il est là chaque fois qu'elle a besoin de lui. Grâce à lui elle se sent belle, désirable. Il la complimente, l'encourage. Il la comprend. Leur relation, même épisodique, est forte. C'est une relation de confiance. Entre ses mains à lui, la femme place son ego brisé en mille morceaux. Cette très belle relation est un pansement sur la douleur de la femme, mais elle peine à se transformer en une relation de couple. L'amant providentiel n'est parfait que s'il est occasionnel et n'exige rien que la femme ne puisse donner.

La fin du complexe de Cendrillon

La femme divorcée cherche donc un homme qui respecte ses enfants, mais aussi qui la respecte elle, qui soit son partenaire dans les tâches quotidiennes, et dans tout ce qu'ils auront l'un et l'autre à traverser.

Elle fait petit à petit le deuil de l'amour romantique « à la française », elle sort du « complexe de Cendrillon » qui lui a fait attendre le Prince charmant, pour se rapprocher du modèle anglo-saxon, plus pragmatique. Dans le modèle anglo-saxon, l'homme et la femme se considèrent comme des *life-partners*, c'est-à-dire qu'ils sont coéquipiers dans toutes les rubriques de la vie. Cette vision du couple ne signifie pas qu'il s'agisse d'une approche matérialiste ou intéressée mais le romantisme n'est que l'une des composantes de cette relation, non la seule.

Le partage des enfants

Les modes de garde du divorce affectent considérablement les chances pour une femme de rencontrer ou de construire une nouvelle relation amoureuse.

Un week-end sur deux et un soir par semaine : telle est la formule consacrée. Elle crée une inégalité flagrante avec ce que peut reconstruire de son côté l'homme divorcé, qui a vingt-deux soirées par mois pour refaire sa vie. Pour tisser de l'intimité avec quelqu'un et espérer créer une relation, il ne suffit pas de l'avoir au téléphone, il faut se voir. Quand une femme divorcée vit avec ses enfants, elle ne peut pas faire venir un homme à la maison, en tout cas au début. Compte tenu des prix du baby-sitting, sortir devient un luxe, voire un risque financier, puisqu'une soirée de cinq heures de baby-sitting coûte en moyenne quarante euros. La femme qui est indisponible pour le nouveau prétendant prend le risque de le perdre car celui-ci peut s'impatienter de ne jamais pouvoir la voir, ce qui fragilise la relation et donc la femme.

La garde alternée est perçue de façon très différente selon les femmes que nous avons interrogées. Pour les enfants en bas âge, les psychologues s'accordent à dire que c'est inenvisageable. L'enfant, jusqu'à cinq ans, a un besoin vital de sa mère, de son lieu, de sa routine et de sa stabilité. Ensuite, lorsqu'il est plus âgé, c'est bien souvent une garde alternée non pas avec le père, mais avec la mère de celui-ci. Car le père, qui n'était pas impliqué dans la vie parentale avant le divorce, ne va pas soudainement se mettre à laver les enfants, leur donner à manger, les coucher et exercer son autorité sur eux. Il va déléguer toutes ces tâches à celle qui est restée la femme de sa vie : sa mère. S'il n'est pas proche de sa mère ou si elle habite loin, il le confiera à une nounou. En général, la garde alternée est le miroir aux alouettes de la femme divorcée, et le cauchemar de l'enfant qui se retrouve à vivre dans deux lieux, et qui ne sait plus où est sa maison, ni qui il est.

La famille décomposée

La presse la glorifie, l'encense... C'est tellement merveilleux qu'on ferait bien de vite divorcer pour connaître cela et nager dans le bonheur recomposé ! Mais la réalité est différente. Il arrive souvent que les enfants d'un conjoint ne s'entendent pas avec les enfants de l'autre. Le mode d'éducation de l'un peut être opposé à celui de l'autre. Les uns permettent à leurs enfants de regarder la télévision, les autres non... De plus, la famille recomposée est une nouvelle famille nombreuse, ce qui pose des problèmes économiques et organisationnels.

La femme délaissée

Enfin, il y a celle qui ne divorce pas... Parce que le mariage est tellement sacré qu'elle ne peut pas envisager le divorce, parce qu'elle a des enfants, parce qu'elle a peur du regard social.

La femme délaissée s'est mariée par amour, puis, à la suite d'une naissance ou tout simplement au fil des années, à cause de l'usure du couple, le désir s'est étiolé et les corps se sont éloignés. Chaque soir, elle se couche aux côtés de son mari qui ne la regarde plus. Il rentre de plus en plus tard, parfois il ne rentre pas du tout, que ce soit pour des raisons professionnelles ou non. Quand il est là, fatigué, il préfère regarder la télé, ou il veut dormir. Il dit que la sexualité ne l'intéresse pas. En fait, il y a de fortes chances pour qu'il ait une sexualité ailleurs : que ce soit une maîtresse ou sur Internet. La femme délaissée est une femme nouée, épuisée, défaite. Elle n'a pas de caresses, de douceur tactile, elle manque de tendresse. Elle reporte sur ses enfants la tendresse dont son mari la prive. Elle tente de réveiller le désir chez son mari, mais rien n'y fait.

Elle essaye de changer son apparence physique, fait du sport, tente la chirurgie esthétique. Elle essaye de devenir une autre femme, une femme à découvrir pour son mari, d'être à nouveau un objet de désir. Plus son âge avance, plus elle se désespère. Elle devient vulnérable, aigrie, angoissée. Elle regarde ce corps inerte, inanimé par l'absence de désir. Elle espère l'arrivée d'un homme, mais elle ne sait pas comment en trouver un. Puis, peu à peu, elle oublie. Elle fait une croix sur sa sexualité. Elle se concentre sur la tranquillité de connaître la sécurité matérielle, d'avoir une présence masculine, de ne pas être seule, d'être entourée de ses enfants, d'amis... Elle renonce – sauf si elle a la chance de rencontrer l'amant qui va la sortir de sa route de Madison, et la trouver belle.

La détresse sexuelle des femmes

Pourquoi *Sur la route de Madison* a-t-il bouleversé toutes les femmes ? Parce qu'elles se sont identifiées à cette héroïne délaissée, cette femme qui se maintient en vie bien que son corps n'ait plus de vie, cette épouse dont le mari s'est absenté, cette mère qui a passé son temps à élever ses enfants et à s'occuper de la maison, et soudain voici qu'un homme la désire, et lui redonne sa féminité, et donc son existence. Le regard que cet homme pose sur elle réveille ce qu'elle est au plus profond d'elle-même. C'est le thème de la ménagère qui devient l'amante.

En effet, en dépit de la libération sexuelle, il semble

que les femmes ne soient pas aussi actives sexuellement qu'on pourrait le croire. Au bout de trois ans de vie commune, le désir baisse. La femme qui vient d'accoucher et allaite son bébé a-t-elle une sexualité épanouie ? La femme mariée dont le mari regarde la télé en buvant une bière et qui va se coucher seule a-t-elle une vie sexuelle épanouie ? La « célibattante » qui rentre de son travail à onze heures du soir sans personne qui l'attend a-t-elle une sexualité épanouie ? La femme dont le mari part constamment en mission en province ou à l'étranger a-t-elle une sexualité épanouie ? La femme qui a travaillé toute la journée et, rentrée chez elle, s'occupe de sa maison et de ses enfants sans un moment de répit a-t-elle une sexualité épanouie ? Les jeunes filles qui sont encore inhibées par leurs complexes et n'ont pas encore bien accepté leur corps ont-elles une sexualité épanouie ? Les femmes de soixante-dix ans et plus ont-elles une sexualité épanouie ?

Tout conspire contre la femme. Le mariage, le non-mariage, le divorce, la maternité, la non-maternité, l'adultère comme la fidélité, le travail, la multiplicité des tâches, le temps, tout conspire contre l'épanouissement de la femme.

L'icône de la femme délaissée

L'icône de la femme mariée en détresse sexuelle est Lady Di, la femme la plus populaire du monde. Depuis sa mort, elle est entrée dans la légende. Même avant, Lady Di était le porte-parole silencieux de toutes les femmes qui ne sont pas aimées par leur mari, des femmes qui souffrent dans leur corps de cette indifférence.

Il y a des millions de Lady Di françaises, qui, sans passer dans les pages people des magazines, portent en elles la même souffrance. La femme mal aimée n'est rien d'autre qu'une princesse bafouée. Lady Di est devenue le symbole magnifié, romanesque, de toutes les femmes délaissées. Elle incarne la princesse souffrante. Mal dans sa peau, subissant la cruelle indifférence de son mari, elle en était venue à détester son corps au point de se faire vomir plusieurs fois par jour. Ne pas faire l'amour à une femme, c'est lui faire perdre confiance en elle, la dévaloriser, lui envoyer le message qu'elle est non désirable, pas belle, pas intéressante. Même si c'est une princesse, elle devient une souillon, Cendrillon et sa citrouille. Lady Di promenait haut l'étendard de la féminité abolie.

Quelle libération sexuelle ?

ENTRETIEN AVEC ORNELA V., ÉCRIVAIN

Je suis très exigeante dans le sens où je dois être très bien remplie. Que cet homme déchire mon corps. Qu'IL soit loué ! Là je touche le Divin et j'effleure mon essence, car pour moi la création, les livres et le bien-être viennent après l'amour. Rien ne me fait monter aussi haut et me fait descendre aussi bas que cette dopamine, cette adrénaline qu'est capable de donner l'échange entre deux êtres. Les autres désirs sont maîtrisables, je veux dire que l'on peut les dimensionner, les numéroter, leur donner un poids, or dans cet échange-là, tout est si extrême que l'on sent l'envie que la mort survienne pour en finir, car on atteint le sommet. En revenir est difficile, bref, on retourne sur terre. Malheur !

La libération sexuelle a fait peser sur les hommes la responsabilité d'amener la femme à la jouissance. Combien, parmi les hommes qui prennent du Viagra, en prennent, non parce qu'ils ont des problèmes d'érection mais parce qu'ils craignent de ne pas donner suffisamment d'orgasmes à la femme ? La femme, de son côté, est priée de parvenir à l'orgasme dans un délai raisonnable – 25 mn ? –, au-delà duquel son compagnon risque de s'interroger sur une éventuelle frigidité.

Le couple subit alors un double stress : pour la femme, celui de ne pas parvenir assez vite à son plaisir par rapport aux attentes de son partenaire. Pour l'homme, celui de ne pas être encore parvenu à un résultat chez sa compagne. L'amour se fait maintenant sur un mode compétitif, avec obligation de résultat.

En vérité, la sexualité féminine est tout autre. L'orgasme n'est pas son but ultime. La féminité dans l'acte sexuel consiste dans le rapport à l'autre, l'accueil, l'échange, le plaisir d'être désirée et de donner du plaisir à son partenaire, ce qui correspond à la plénitude dont la jouissance est certainement une composante mais pas la seule. Chez la femme, l'acte sexuel dépasse la jouissance phallique pour accomplir un rituel métaphysique de complétude.

Porno chic et pute glamour : le glissement

Le film *Pretty woman* a changé la vision sordide que chacun se faisait de la prostituée.

Dans la même perspective, on a assisté au début des années 2000 à l'avènement du « porno chic ». Lancé par Tom Ford et Carine Roitfeld pour rajeunir l'image de Gucci, adopté par Yves Saint Laurent et d'autres, le porno chic a associé une hypersexualisation de la femme au monde du luxe. Des femmes sublimes posant dans des décors laissant imaginer que celles-ci avaient été ou s'apprêtaient à être violentées. Ainsi, la violence, le sexe extrême, les déviances éventuelles se sont trouvées non pas banalisées, mais valorisées. La femme, aujourd'hui, aurait-elle intériorisé l'envie d'être une prostituée pour répondre au désir de l'homme ? Cette hyper-érotisation est-elle une manière de récupérer une féminité qui s'est perdue avec la libération de la femme ?

La dévalorisation du corps de la femme mise en scène dans la mode et les marques de luxe a contribué à nourrir cette idée que le corps n'est pas respectable. Qu'il est une marchandise comme une autre, et qu'après tout, si c'est une manière d'arrondir ses fins de mois, pourquoi pas, comme le propose Marcela Iacub dans *Qu'avez-vous fait de la libération sexuelle*[1] *?*. Pour

1. Flammarion, 2002.

elle, la prostitution est un métier comme un autre, et même, finalement, un métier assez avantageux, puisqu'il permet, dans certains cas, de très bien gagner sa vie. Le glissement s'est opéré, et devenir pute est devenu une option comme une autre pour des filles qui gagnaient difficilement leur vie ou ne s'en sortaient pas.

Le problème, c'est qu'être prostituée, ce n'est pas se vautrer dans des pyramides de sacs Dior ou Gucci au milieu de draperies soyeuses et de parfums envoûtants.

Qui sont vraiment les prostituées ?

On ne peut pas parler « des prostituées » car leur sort est extrêmement différent selon qu'elles sont indépendantes, à leur compte ou victimes d'un réseau auquel elles auront peu de chances de se soustraire sans mettre leur vie en danger.

Celles qui sont à leur compte sont satisfaites de leur métier. Elles pensent qu'elles rendent un fier service à la société. Les hommes les aiment, et ils ont besoin d'elles, car au fond elles sont la femme parfaite : celle qui dit toujours oui, celle qui ne juge jamais.

Il existe deux types de prostitution : la prostitution régulière, celle des professionnelles, qu'elle se pratique dans des bars ou dans la rue, qu'elle soit volontaire ou contrainte, et la prostitution occasionnelle, qui est une prostitution de précarité – déjà connue sous le nom de « prostitution de fin de mois », où des femmes acculées devant l'échéance de factures vont, discrètement, faire une passe ou deux, sans que leur entourage le sache. Elle concerne aujourd'hui un certain nombre d'étudiantes et de jeunes femmes qui ne s'en sortent plus financièrement.

Selon la sociologue Marcela Iacub, faire le commerce de son corps est un acte féministe. C'est dire : je suis libre, j'utilise mon corps comme je veux. Ce type de prostituées déclarerait : « Je pense pas qu'il y ait lieu d'être fière d'être prostituée, je travaille pour gagner ma vie, comme beaucoup de gens d'ailleurs, et comme il faut de l'argent pour vivre, je préfère me prostituer, où j'ai trouvé toute l'indépendance que je voulais. Moi, personnellement, je l'ai choisie, et un autre métier indépendant ne me rapportera jamais autant que celui-ci, je ne suis pas fière, mais en même temps c'est mon choix et je l'assume très bien et je ne crois pas que ce soit le pire de tous. Je suis bien plus libre que certaines personnes dépendantes d'un patron, tout cela n'est qu'une question de valeurs, de volonté, de force, de limites, de choix... de liberté. »

Mais qu'en est-il vraiment ?

LE *BURN-OUT* DE LA PROSTITUÉE

Extrait de : Claudine Legardinier et Saïd Bouamama, Les Clients de la prostitution : l'enquête, *Paris, Presses de la Renaissance, 2006.*

Certes, elles disent rencontrer aussi des clients dans la solitude, en recherche de relation. Mais c'est bien souvent avec un haussement d'épaules.

Client frustré, client timide ? « Je ne crois pas, dit Christine. Pour lui, il y a le plaisir de la possession, de la soumission, de la vengeance ; il y a aussi le plaisir d'évacuer ses colères, son impuissance, en soumettant l'autre. » Quant à leur désir de relation, il est, dans le fait même de payer, voué à l'échec. Du côté des personnes prostituées, notamment des femmes, s'expriment surtout la méfiance ou le rejet, le refus de tout dialogue, la volonté farouche d'opposer un mur face aux hommes qui les paient. Surtout ne rien dire de soi, ne rien laisser échapper. Simuler et se dissimuler. Simuler au point de faire croire à certains clients qu'ils donnent du plaisir. (...)

« Je n'ai plus confiance en moi. J'ai été détruite, j'ai été violée. J'ai perdu mon identité. Quel âge j'ai ? Qui je suis, quel est mon nom ? Je prends des antidépresseurs, j'ai l'impression de n'être bonne à rien sauf à aguicher les hommes. » (...) « Je garde le silence sur ce que j'ai vécu. Si jamais j'en parle, on va me ficher comme ancienne prostituée. Les gens ne me considéreront plus comme un être humain, je ne serai plus capable de rien. Je ne peux pas dévoiler mon passé, parfois j'en ai la tête qui explose. » Toutes ou presque sont confinées dans l'interdiction de parole. Le risque de la honte, du stigmate, le refus d'entendre de la société tout entière...

Silence obligé, difficulté d'en sortir, sans main

tendue, sans lien avec l'extérieur. « On vit décalées, on fait une croix sur le monde extérieur. En fait, c'est comme une secte », résume Christine, sous-entendant ainsi la difficulté de s'extraire du milieu pour reprendre pied dans la société. La prostitution constitue en effet une des formes les plus abouties de l'enfermement : enfermement par le stigmate, la perte de confiance en soi, l'isolement croissant, l'endettement, le sentiment que la société normale est terrifiante et hypocrite, la peur d'être démasquée par d'anciens clients. Quitter le quotidien, aussi dur soit-il, c'est affronter l'angoisse de l'inconnu, le vide, le jugement d'autrui ; c'est arracher le tissu de sa propre histoire, les quelques liens tissés dans le milieu, les bons moments. La logique est désormais bien connue pour les victimes de violences conjugales. Autant dire que beaucoup y restent, non parce qu'elles aiment ça, mais parce que la société les abandonne à la marginalisation et à la honte en leur refusant toute alternative. (...)

Mylène a mis des années à pouvoir revivre normalement : « Après je ne supportais plus le sexe. Une main masculine sur mon épaule me brûlait. Je n'ai plus eu aucune sexualité pendant trois ans. Je ne pouvais plus. J'étais dans une anesthésie totale. »

La prostitution, pourrait-on croire, rapporte de l'argent facilement gagné. La réalité est beaucoup plus cruelle. Pour tenir le coup et surmonter la négation de soi, les prostituées involontaires sont obligées de boire de l'alcool, de prendre de la drogue, des anxiolytiques et des somnifères. « L'odeur, la peau, j'occultais tout pour ne voir que l'argent. Je mettais des barrières pour ne pas voir, ne pas sentir, leurs dents, leur transpiration, leur haleine. Je posais à peine le bout de mes doigts sur leurs épaules[1]. » Monika exprime la même idée avec des mots touchants : « Pour eux, la femme prostituée, c'est une bombe sexuelle, avec beaucoup d'expérience ; c'est leur fantasme ; ils croient qu'ils peuvent faire ce qu'ils voient dans les films porno. Ils ne se rendent pas compte qu'on est humaines ; des femmes comme les autres, comme celle qu'ils ont à la maison. » Eux parlent de fantasmes, elles de la peur, de l'obligation d'avoir en permanence des « yeux autour de la tête ». Brigitte, prostituée sur le trottoir, confie : « La peur, c'est tous les jours. Quand vous montez dans une bagnole, quand vous vous retrouvez attachée pour les fantasmes des mecs. » « Il y a des tarés ; deux fois, j'ai dû sauter en marche d'une bagnole. » Des enquêtes montrent que la majorité des actes violents subis par les personnes prostituées sont le fait des clients. S'auto-anesthésier, se couper en deux, s'absenter de soi-même semble être quasiment indissociable de la pratique prostitutionnelle. « On se met hors d'atteinte, on compte les moutons. Si on ne se protège pas de cette façon, on peut devenir folle. »

---

1. Ces témoignages sont cités dans l'ouvrage de Claudine Legardinier et Saïd Bouamama.

Loin du mythe de la prostitution glamour, les prostituées sont confrontées à la violence morale ou physique du client qui souhaite posséder la femme et avoir du pouvoir sur elle. « Le plus lourd, c'est d'avoir été achetée : tu n'es rien du tout, je paie. On en prend plein la gueule : je me sers de toi comme d'une bassine ; pour me vider[1]. »

Sur 18 000 prostituées « visibles » – hors prostitution via internet – 80 % sont d'origine étrangère. Celles qui viennent de Roumanie ou de Bulgarie sont exploitées par des proxénètes très violents qui les terrorisent. Dans le réseau africain, les filles se disent sous l'emprise d'un sorcier, « envoûtées », souvent par des femmes qui organisent la traite.

Que valons-nous ?

Si L'Oréal a eu raison d'affirmer « parce que je le vaux bien », c'est parce que les femmes malgré leur libération et leur pouvoir pensent qu'elles ne valent pas tant que cela.

Le paradoxe est étonnant : les femmes aujourd'hui ont conquis leur dignité, leur indépendance, leur maturité et, en même temps, ont une piètre image d'elles-mêmes.

Quel est ce type de société dans laquelle les femmes se voient ainsi ? N'est-ce pas une société où les

1. Citée dans l'ouvrage de Claudine Legardinier et Saïd Bouamama.

femmes doivent en quelque sorte payer leur indépendance acquise par une mauvaise image d'elles-mêmes ? N'est-ce pas la forme extrême d'un mal du siècle présent en chacune de nous selon lequel, dans le fond, nous pensons que nous ne valons pas grand-chose ?

Aujourd'hui, la femme passe son temps à s'excuser. Elle s'excuse d'être mère, elle s'excuse de ne pas l'être. Elle s'excuse de ne pas travailler. Elle s'excuse d'avoir compris son indépendance, elle s'excuse d'exister. Cette attitude trouve sa source dans le regard de la société, qui, quelle que soit la position de la femme, ne la valorise jamais.

TROISIÈME PARTIE

Le corset invisible

Le constat

Les femmes dans la société postmoderne sont maintenues dans un état d'affolement. On leur répète à longueur de journée qu'elles doivent se conformer à un modèle, sous peine d'être exclues. Ce modèle, c'est celui de la femme mince, celui de la femme sans rides. Les femmes font constamment des efforts, elles se privent, sans parvenir à réaliser ce que la société réclame d'elles : transformer leur corps. Comme si le corps était une sorte de pâte à modeler, prête à se plier à n'importe quelles exigences. Ces exigences (perdre cinq kilos avant l'été pour citer un exemple banal) ont pour conséquence, lorsque les femmes n'y parviennent pas, de les précipiter dans la dévalorisation d'elles-mêmes. Elles se voient tout à coup comme inaptes, sans volonté, incapables d'atteindre ces modèles de vie érigés en dogmes.

Ne pas y parvenir les désespère, rabaisse leur propre estime, ce qui les plonge plus loin encore dans la quête de la perfection ; et si elles ne parviennent pas, au cinquième régime de l'année, à perdre la graisse, là, sur la cuisse, certaines envisageront la chirurgie. Au nom de quel idéal condamne-t-on ainsi les signes de la féminité ?

Dans ce domaine, tout est scandale. En particulier la manière dont chacun se rend complice de cet asservissement, de cette brutalité exercée à l'encontre de la femme : la mode et ses créateurs, parfois irresponsables, la publicité qui prétend n'être que le reflet de la société mais qui en crée les modèles, la presse féminine qui, malgré sa volonté de protéger la femme, ne sait pas toujours se démarquer de cette tyrannie. Les femmes aussi sont complices, puisqu'elles l'acceptent. Mais ont-elles véritablement le choix ? Trop grosses, trop ridées, trop vieilles, on ne leur laisse aucun espace de vie.

Un certain nombre d'industries bénéficient de ce culte du corps parfait. L'agro-alimentaire, avec le secteur des produits allégés, des substituts de repas, l'industrie cosmétique, les laboratoires pharmaceutiques, la chirurgie esthétique, les spas, ces endroits merveilleux où les femmes vont s'échouer, telles des baleines ayant perdu leur sens de l'orientation à cause des sonars de sous-marins. Et, paradoxe suprême, toute la nouvelle industrie du « bien-être ».

La condition de la femme moderne, qui vit dans la terreur de dépasser quarante ans et de prendre trois kilos, est indigne de notre société. Une femme maintenue dans la peur, voilà ce qu'elle construit, jour après jour, semaine après semaine. Or une personne qui a peur ne fait pas les bons choix. En infligeant à la femme la peur permanente de ne pas être comme elle le devrait, on lui enlève son libre arbitre.

En introduction à l'article sur les « rondes » paru dans *Elle* d'octobre 2006, Catherine Roig s'interrogeait : et si on arrêtait les régimes ? Question légitime, évidente, et pourtant c'est la première fois que quelqu'un osait le dire dans un magazine féminin. De même, la récente publicité illustrée par Jane Fonda est un grand pas en avant dans l'image de la femme. Elle a soixante-huit ans et elle est belle. Cette publicité est une révolution parce que c'est la première fois qu'on autorise la femme âgée à se montrer.

C'est cela, aujourd'hui, la libération de la femme. La sortir de l'enfermement de codes esthétiques irréalistes et assassins est le devoir de tous ceux qui défendent la femme.

La presse féminine fait recette

Les magazines féminins ont été partie prenante de la lutte féministe. Leur origine remonte au XVIIIe siècle et au mouvement d'émancipation des femmes.

En France, aujourd'hui, la presse féminine s'organise en grands groupes :

– Prisma Presse : *Femme actuelle*, *Prima*, *Bien dans ma vie !*, *Jasmin*...

– Mondadori France : *20 ans*, *Biba*, *Modes & Travaux*, *Pleine Vie*...

– Le groupe Marie Claire : *Avantages*, *Cosmopolitan*, *Famili*, *Marie Claire*, *Marie-France*...

– Hachette Filipacchi Médias : *Elle*, *Isa*, *Jeune & Jolie*, *Version Fémina*, *Top Famille Magazine*...

Dans TNS Magtrack 2005.

Nombre de ces titres sont vendus à plusieurs centaines de milliers d'exemplaires, voire plus d'un ou deux millions pour certains. Chacun de ces magazines passant entre les mains de 3 ou 4 personnes, cela signifie qu'il est lu par des millions de lecteurs.

En 2006, le chiffre d'affaires publicitaire de la presse féminine en France était de 921 millions d'euros, dont 28 % investis par le secteur Hygiène/Beauté et 24 % par celui de l'Habillement/Accessoires. Soit près de la moitié des pages publicité de ces magazines.

Stimulée par la déferlante publicitaire, la presse féminine est un marché extrêmement porteur. Un magazine comme Elle *avec ses 39 éditions détient 21,7 % du marché des féminins haut de gamme internationaux.*

Pour prendre un exemple, en 1999, les neuf titres du groupe *Marie Claire* (deux millions d'exemplaires) ont réalisé un bénéfice net de 154 millions de francs. En 2001, lors de la signature de son partenariat avec HFM et du départ de son actionnaire principal, le groupe L'Oréal, le groupe *Marie Claire* était estimé à 3,5 milliards de francs (sans compter les filiales ni les produits dérivés). En moins de vingt-cinq ans, sa valorisation est passée de 20 millions de francs à

3,4 milliards de francs, soit un bonus de 3,38 milliards de francs.

Ces chiffres considérables témoignent de la puissance financière du magazine féminin aujourd'hui, qui est acheté ou reçu par abonnement, tous les mois ou toutes les semaines, et dont la lecture, pour bien des femmes, fait partie d'un rituel.

La Bible des temps modernes

Le magazine féminin dicte les commandements qui régissent la vie de la femme, depuis ses lectures jusqu'à ce qu'elle va préparer à dîner, en passant par sa garde-robe, son emploi du temps, le choix de son conjoint et l'éducation de ses enfants, l'ordre de ses valeurs morales, sa sexualité, ce qu'elle doit manger et ce qu'elle ne doit pas approcher, mais aussi la taille de son sac, et la marque de sa poussette. En suivant à la lettre ou à peu près les consignes, la femme est sûre d'être une femme moderne.

Les magazines féminins sont prescripteurs de crèmes, de lectures, de spectacles et plus fondamentalement de mœurs et de pensées. Ils nous enseignent ce qu'est ou ce que doit être une femme aujourd'hui, sur un ton plus ou moins dogmatique, à grand renfort de mots tels que : « incontournable », « tendance », « basique », « coup de cœur ». Sous une présentation ludique, légère, agréable, ils sont prescripteurs des valeurs de notre société, au premier rang desquelles la consommation. La femme moderne a été transformée en consommatrice. C'est désormais la clé de son identité. Elle ne peut pas y échapper.

Tout en traitant régulièrement de l'émancipation des femmes, de l'avortement ou de la représentation en politique, la presse féminine véhicule l'image de l'éternel féminin combattu si ardemment par les féministes, qui ont durement remis en question la notion de femme et de féminité. La presse féminine définit le modèle de la femme post-féministe : la femme comme objet de désir. Loin de la femme sujet aux talons plats, combattante des années soixante-dix, la femme idéale selon les magazines féminins a : le bon accessoire, un travail qui l'épanouit plus ou moins, un spa dans lequel elle se relaxe, de la crème antirides, des enfants, un mari ou un compagnon qu'elle aime plus ou moins, éventuellement un amant, une cuisine dans laquelle elle prépare en dix minutes des plats conçus par des grands chefs, une série de régimes, des rides d'expression lissées par des injections de botox, des crèmes nourrissantes pour les cheveux... Cette femme post-féministe est active et affective, bonne épouse, bonne copine, bonne mère (qui ne culpabilise pas), elle réussit à peu près sur tous les fronts de la vie. Elle part en thalasso après son accouchement, elle a un psy, une voyante, un sexologue, peut-être un chirurgien esthétique, elle divorce, se remarie, se retrouve dans une famille recomposée, elle lit son horoscope. Son vernis à ongles et son épilation sont impeccables, elle ne se maquille pas sans avoir mis une base ou une crème hydratante, elle se teint les cheveux ou se fait faire des mèches, elle suit de près l'évolution des sports les plus appropriés à sa silhouette, elle a appris à « écouter son corps » : bref, la femme post-féministe est une femme qui achète. Ses acquisitions définissent son identité.

L'avalanche des crèmes

Depuis des temps immémoriaux, les femmes ont utilisé des onguents et des huiles pour être plus belles et avoir une peau plus douce. Mais jamais dans l'histoire de l'humanité on n'a vu une telle déferlante : de la crème anti-stress à la crème anti-pollution en passant par les acides de fruits, les bioprotéines de lait ou encore les pépins de raisin. Des formules nouvelles apparaissent à chaque saison. La femme a-t-elle besoin de *toutes* ces crèmes ?

LISTE DES CRÈMES QUE LA FEMME DOIT AVOIR

Crème hydratante :
Nourrissante
Régulatrice
Réparatrice
Énergisante
Anti-fatigue
Anti-pollution
Crème de nuit
Hydratante
Réparatrice
Normalisante
Contour des yeux
Gommage corps
Soin du corps
Crème effet lift du visage
Crème effet lift pour les yeux
Crème éclat aux acides de fruits
Masque hydratant
Masque purifiant
Démaquillant
Toniques
Crèmes antirides :
Avec écran solaire

Raffermissante
Correcteur de rides
Cou et décolleté
Crèmes à effet chirurgie esthétique :
Réparatrice tissulaire
Collagène repulpante
énergisante
Soin lift
Crème pour les mains
Crème pour les pieds
Crème pour les cheveux
Masque
Soins du corps :
Hydratante
Nourrissante
Crème pour les vergetures
Crèmes antitaches
Crème amincissante :
Corps et buste
anti-capitons
raffermissante
drainante
Soins des lèvres

L'égalité homme-femme ?

La femme dépense beaucoup d'argent pour être belle et avenante comme le montre la liste des crèmes requises. Mais ce n'est là qu'une partie de son budget beauté. Lorsqu'un homme sort avec une femme au restaurant, il ne sait pas forcément combien elle a dépensé pour cette soirée. Lorsque, à la fin du repas, il lui propose de partager l'addition, qu'il ne s'étonne pas que la femme le prenne mal.

HÉLÉNA, 32 ANS, ASSISTANTE COMMERCIALE, SORT CE SOIR

– coiffeur : 38 euros pour une coupe-brushing
– nouveau chemisier pour sortir, chez H & M : 19 euros
– jupe chez Zara : 49 euros
– nouveau gloss pailleté : 10 euros
– bas ou collants : 12 euros
– manucure : 22 euros
– épilation en institut : demi-jambes, aisselles, maillot : 37 euros
Soit un total de 187 euros.

Le repas est à 34 euros. Si l'homme voulait pratiquer l'égalité *stricto sensu*, il faudrait, pour tout partager, qu'il paye 34 plus 93 euros et 50 centimes. Donc qu'il reverse à la femme 153,50 euros.

L'égalité économique de l'homme et de la femme est une illusion d'optique. Elle dépense bien plus que lui pour sa beauté, son allure, et toutes les exigences que la société lui impose. Dans ce sens, la galanterie était bien plus juste et égalitaire pour la femme d'un point de vue économique.

L'horreur de la cellulite

Comment la femme est-elle amenée à consommer autant ? Parmi les pressions imposées par la société, celle de la minceur n'est pas la moindre. Tous les printemps, on explique à la femme comment chasser la cellulite, le « capiton ». La cellulite est la cible d'une véritable croisade.

L'idéal de beauté est aujourd'hui lié à un travail sur le corps : on veut nous faire croire que la cellulite est liée à une « mauvaise hygiène de vie », au stress, au laisser-aller, ainsi qu'à l'ingestion de matières grasses et de sucres... La cellulite, qui n'est pas spécifique aux femmes en surcharge pondérale, résulte d'un processus complexe qui implique le système micro-circulatoire et le système lymphatique. Elle est décrite par les scientifiques comme un état normal qui maximise la rétention de graisse sous-cutanée pour assurer une disponibilité calorique adéquate à la grossesse et la lactation. En effet, la femme stocke naturellement les graisses en vue de la grossesse, afin de pouvoir nourrir son bébé. Autrement dit, la cellulite, c'est la femme. Vouloir éliminer la cellulite, partir à la chasse impitoyable au capiton, c'est comme chercher à enlever les seins, l'utérus ou les cheveux à une femme. C'est comme lui enlever sa féminité.

Plus encore, la présence de graisse localisée au niveau des cuisses et des fesses, appelée lipomérie, est constitutionnelle chez la femme et représente pour elle une réserve d'énergie. Ces graisses localisées – dont la culotte de cheval fait partie – persistent même après un régime bien conduit. Les causes de la cellulite sont d'ordre génétique, hormonal, vasculaire, alimentaire et neurologique. Ses mécanismes mettent en jeu la rétention d'eau, la fibrose et l'adipose (augmentation du nombre et du volume des adipocytes). La graisse cellulitique n'est pas la même que celle de l'obèse. Compactée par le phénomène de fibrose, elle est beaucoup plus difficile à déloger : le régime hypocalorique induit une fonte graisseuse et musculaire de la partie haute du corps, des joues, des épaules, de la poitrine, mais elle ne s'attaque qu'en dernier à la cellulite. Autrement dit, si on est obèse, on peut s'en débarrasser. Si on ne l'est pas, c'est pratiquement une mission impossible. Une étude menée par des chercheurs de l'Université de Cincinnati a montré que les traitements contre la cellulite et la perte de poids ont des effets variables. Si, dans certains cas, ils l'améliorent, dans d'autres, ils sont responsables de l'augmentation de la présence de cellulite. Dans la revue *International Journal of Cosmetic Science*, A. Rowling décrit les régimes comme étant des facteurs aggravants pour la cellulite, sauf dans le cas de l'obésité. Quant aux crèmes, anticellulite ou percutaféine, au laser ou à la cosmétologie, leur efficacité à terme n'a pas été démontrée. Et pour cause, les théories de l'étiopathogenèse de la peau d'orange tendent à montrer qu'elle serait une spécificité anatomique du tissu sous-cutané de la femme. D'après les recherches du laboratoire de dermatologie de la Rockefeller University à New York, l'organe adipeux a pour fonction de réguler le système d'équilibre énergétique, de moduler l'ingestion alimentaire et le métabolisme d'autres substrats tissulaires grâce à une sécrétion glandulaire d'hormones et de parahormones. La cellulite serait donc bénéfique et positive. S'en débarrasser n'est pas seulement impossible, c'est une aberration.

L'invention de la cellulite

La cellulite est apparue dans les discours scientifiques du début du vingtième siècle avant d'être, entre les années 1920 et 1940, vulgarisée dans certains magazines français. Rossella Ghigi[1] relie l'invention de la cellulite à la culpabilisation morale de l'obésité pendant la période de l'entre-deux-guerres. La cellulite fait partie d'une longue histoire de fantasme de « féminités débordantes ».

Lorsque la cellulite a fait son entrée dans l'imaginaire collectif en France, elle a reçu un soutien immédiat de la part de l'industrie cosmétique naissante et des instituts de beauté : les masseurs sont les véritables pionniers du dépistage de la cellulite.

Dans les années trente, la beauté a cessé d'être une grâce pour devenir un objectif que la femme doit atteindre. Soudain, elle doit être le signe visible d'un travail sur le corps et d'une autosurveillance permanente.

Ainsi, les magazines *Marie Claire* et surtout *Votre Beauté* s'engagèrent-ils dans la construction d'une nouvelle silhouette idéale pour la femme française de l'entre-deux-guerres. La cellulite apparaît pour la première fois dans *Votre Beauté* en février 1933 avec un article du docteur Debec sur les exercices à effectuer contre la graisse, désignée comme étant un problème : « amoncellement d'eau, de résidus, de toxines, de

1. Dans « Le corps féminin entre science et culpabilisation. Autour d'une histoire de la cellulite », in *Travail, femme et société*, nº 12, L'Harmattan, 2004.

graisse qui forment un mélange contre lequel on est assez mal armé ».

Dans les années trente, cet imaginaire se marie parfaitement avec l'éloge propre à l'extrême droite d'un état originel et à la vie paysanne, avec le mépris de la vie cosmopolite et la peur des grands conflits urbains. En d'autres termes, la cellulite est l'aboutissement de la civilisation, de la vie dans les grandes villes, et donc de la décadence. Elle incarne la laideur morale de celles qui se laissent aller.

Désormais la cellulite, qui relève de l'obésité, représente une intoxication liée à la sédentarité des femmes. La femme se retrouve ainsi culpabilisée par son corps.

La cellulite apparaît donc au moment où les femmes ont une nouvelle visibilité dans l'espace public, où elles entrent sur le marché du travail salarié : la minceur permet de les contrôler, et de faire en sorte qu'elles se contrôlent elles-mêmes.

Si le corset a disparu, au début du siècle dernier, grâce au couturier Paul Poiret, un autre corset a pris le relais pour infliger à la femme un contrôle et une mise sous tutelle de son corps : un corset invisible. Celui du regard des autres, celui de son propre regard sur son corps et son esprit.

La cellulite : un abus de langage

Le mot cellulite signifie en médecine tout à fait autre chose que ce que l'on entend couramment. Une cellulite est une infection du tissu cellulaire sous-cutané évoluant vers une gangrène, nous explique le docteur David Picovski, docteur en chirurgie plastique, reconstructrice et esthétique. « La cellulite c'est 40 de fièvre, des tissus rouges infiltrés avec du pus et augmentés de volume. Le traitement d'une cellulite c'est l'antibiothérapie en urgence et l'ouverture pour un nettoyage chirurgical des tissus infectés. On opère des cellulites, non pas par des lipoaspirations, mais par une mise à plat, un parage médical, on enlève tous les tissus qui ont été touchés. » Selon lui, la cellulite médicale n'a donc « rien à voir avec ce dont nous parlent les magazines, la cellulite est un abus de langage ».

Il faudrait abolir ce terme qui fait de la cellulite une pathologie et lui préférer les termes de peau d'orange, plus adéquats.

La dictature des régimes

Dans le même impératif de minceur, on propose aux femmes un nombre incalculable de régimes. Ils évoluent selon un schéma identique à celui de la mode, c'est-à-dire à chaque saison. Invariablement, avant l'été comme après les fêtes, les magazines consacrent leur une à l'amaigrissement. « Perdez 2 kilos en 5 jours. » Les régimes sont innombrables : régime dissocié, protéiné, que du cru, que du liquide, monodiète, etc.

Les régimes sont avant tout une très bonne affaire commerciale, qui relance les ventes des magazines, des produits amincissants, repas en sachet et autres crèmes amincissantes.

Les régimes sont une industrie. Produits allégés que l'on trouve dans l'agro-alimentaire, Coca Light, yaourt à 0 %, tout un monde est conditionné par la volonté des femmes de suivre un régime. Il n'est pas question que la femme y renonce : ce seraient des secteurs entiers de l'industrie qui s'effondreraient. La femme est utilisée à son insu dans un but d'expansion économique.

> *« Le corps était presque parfait », article d'Olivia Gazalé paru dans* Philosophie magazine*, août-septembre 2006.*
>
> *À l'heure de la religion de la beauté jeune et musclée, l'affaissement de vos chairs fait de vous un hérétique, un parjure, un blasphémateur. Ce n'est pas tant des défauts de votre corps dont vous avez honte que de l'absence de volonté qui en est la cause... Nous voudrions l'avoir débarrassé de tous les déterminismes : le vieillissement, la maladie, la laideur et – pourquoi pas ? – le sexe et la couleur... Le moralisme hygiéniste a transformé les canons esthétiques en normes éthiques. Désormais, la faute ne consiste plus à jouir de son corps, mais à le laisser se dégrader... Le culte actuel du corps s'accompagne d'une phobie du corporel, d'une haine du corps organique... L'utopie du corps parfait renvoie au rêve de pureté qui hante l'humanité depuis ses origines... La pureté se confond ainsi avec la cosmétique et la diététique... Les sexes intégralement épilés des actrices porno semblent aujourd'hui*

infiniment moins obscènes que L'Origine du monde *de Gustave Courbet. Car la toison énigmatique sent la terre, la bête, l'indomptable femelle, alors que le pubis glabre évoque la pureté virginale de l'enfance, le salon de beauté et la domestication de soi... Cette détestation du corporel ne renvoie-t-elle pas, au fond, à la vieille démonisation de la chair héritée des premiers Pères de l'Église ?... Le fantasme de perfection est un fantasme mortifère. Vouloir un corps parfait, c'est vouloir s'arracher au sien, c'est désirer mourir à son propre corps...*

Les régimes font grossir

Lorsque les femmes suivent un régime draconien, elles maigrissent très vite, parfois de façon spectaculaire, comme dans le cas du régime protéiné en sachet. Ce que l'on ne leur dit pas, c'est que les poches qui contenaient la graisse, elles, ne disparaissent pas. Elles sont seulement vidées de leur substance graisseuse. Or la nature a horreur du vide. La graisse que l'on va accumuler après avoir fait un régime s'y relogera avec une nuance toutefois : ayant été mis dans une situation de disette et de panique, l'organisme va stocker la graisse de manière plus durable, à cause de cette famine et en prévision d'une éventuelle nouvelle famine. En conséquence, les régimes amaigrissants font grossir.

De plus, les régimes reposent sur un principe de frustration autant psychologique que physiologique, et la réponse à la frustration, quelle qu'elle soit, est toujours soit l'agressivité, soit l'état dépressif. Les régimes nuisent donc à la vie sociale et à la vie familiale. De plus, la femme obligée de faire un régime parce que la société l'incite constamment à être mince est placée devant un dilemme : manger à sa faim, être épanouie dans son corps, ou se retenir, s'interdire, avoir faim, mais être fière d'elle. On la conduit donc, par ces incitations, à exercer sur elle-même une forme de brutalité. Comme le dit le sociologue David Le Breton, « la société de consommation nous pousse à nous dévaloriser pour consommer davantage. C'est un cercle vicieux et destructeur ».

L'anorexie comme fait de société

La dictature des régimes rend les jeunes femmes anorexiques. L'anorexie est partout. Dans les magazines, dans la pub, dans les films, dans les défilés, dans la rue.

Partout on voit des filles rachitiques qui exhibent leurs genoux cagneux, leur ossature apparente, leurs joues creuses. Kate Moss, Fiona Apple, Calista Flockhart, Jodie Kidd, Gisele Bundchen, les jumelles Olsen sont autant d'icônes adorées des jeunes filles. L'anorexie n'est plus une maladie : c'est un phénomène de mode, comme le piercing ou le body art, c'est un travail sur le corps, un design macabre. L'anorexie, pathologie circonscrite aux névroses individuelles, est devenue une pathologie sociale. Certaines adolescentes ne s'alimentent plus, d'autres se font vomir, notamment parce qu'elles veulent être comme les filles des magazines.

Face à cela, la famille se sent désemparée, impuissante. En effet, comment pourrait-elle lutter contre l'anorexie alors que la société prône constamment les valeurs qui sont à la source de l'anorexie ?

Les indications fournies par le National Heart, Lung, and Blood Institute nous apprennent que l'indice de masse corporelle (IMC) normal se situe entre 24,9 et 18,5. N'importe quel chiffre inférieur à 18,5 est considéré comme néfaste à la santé. Toutes les icônes de notre société, toutes les stars, de Kate Moss à Victoria Beckham, ont un IMC inférieur à 18 et même souvent inférieur à 17, frisant l'anorexie. Le corps que la plupart des femmes souhaiteraient avoir ne peut pas être obtenu sans privation, comme le révèlent ces IMC.

Qu'est-ce que l'anorexie ?

L'anorexie est définie comme le refus de maintenir le poids corporel au niveau ou au-dessus d'un poids minimum normal en fonction de l'âge et de la taille, la peur intense de prendre du poids ou de devenir « gros » alors que le poids est déjà inférieur à la normale, l'altération de la perception du poids ou de la forme de son propre corps, l'influence excessive du poids ou de la forme corporelle sur l'estime de soi, et encore le déni de la gravité de la maigreur actuelle.

Chez les femmes post-pubères, l'anorexie provoque une aménorrhée, c'est-à-dire l'absence d'au moins trois cycles menstruels consécutifs.

Cette forme pathologique se généralise puisqu'on assiste, depuis quelques années, à une augmentation statistique du nombre d'anorexiques. Pire encore, elle est en train de devenir une pathologie sociale, une « tendance ». Malgré la multiplication des cas extrêmes et tragiques, l'anorexie reste une maladie désirable, voire un phénomène de mode. Comme il y a eu les « punks », les « grunges », les « gothics », il y a maintenant une nouvelle forme de haine de soi sociale. Ainsi en témoigne le succès du mouvement pro-ana qui signifie « pro-anorexique ». Le pro-ana, très répandu aux États-Unis et maintenant arrivé en France, est considéré comme tellement dangereux que les sociétés AOL et Yahoo se sont engagées à n'héberger aucun lien permettant de se connecter aux sites de ce mouvement. Son but est de rassembler par le net des jeunes filles souffrant de troubles du comportement alimentaire. Cette communauté propose une morale, et un ensemble de règles et de valeurs qui régissent la vie quotidienne de ces jeunes filles : maigrir de plus en plus, et de plus en plus vite. L'anorexie devient un véritable art de vivre : « Skinny Wannabe », traduisez « Je veux devenir squelettique ».

Alexandra, 42 kilos pour 1 m 60, créatrice du site pro-ana, parle de « Thinspiration » (Inspiration de minceur), « Thinobsession » (obsession de la minceur). Certaines livreront des astuces et des recettes (« Tricks and Tips ») pour perdre toujours plus de poids : consommer du céleri ou du thé vert, des « safe foods » (nourritures sans risque), les seules autorisées puisqu'elle clame haut et fort que « food is evil » (la nourriture c'est le mal).

Les 10 règles de l'anorexique

(prises sur un blog)

1. Si tu n'es pas mince, tu n'es pas attirante.

2. Être mince est plus important qu'être en bonne santé.

3. Tu dois t'acheter des vêtements étroits, couper tes cheveux, prendre des pilules diurétiques, jeûner, etc., faire n'importe quoi qui puisse te rendre plus mince.

4. Tu ne mangeras point sans te sentir coupable.

5. Tu ne mangeras point de nourriture calorique sans te punir après coup.

6. Tu compteras les calories et restreindras tes apports.

7. Ce que dit la balance est le plus important.

8. Perdre du poids est bien/en gagner est mauvais.

9. Tu ne peux jamais être TROP mince.

10. Être mince et ne pas manger sont les signes d'une volonté véritable et de succès.

En fait cette liste n'est pas propre à l'anorexie : toutes les femmes y adhèrent. Et pour cause, elle incarne le message envoyé en permanence aux femmes par la société.

L'anorexie est organiquement liée à la mode. Depuis Coco Chanel, la mode est portée par des femmes grandes et minces, à l'allure androgyne, avec les cheveux courts et des pantalons. La révolution de la Grande Mademoiselle témoigne de cette tentative de la libération de la femme par le masculin. L'anorexie en est le corollaire, puisqu'il efface les marques de la féminité, jusqu'aux menstruations, et à la possibilité de la maternité. Jusqu'à aujourd'hui, ce que certains créateurs aiment dans la mode, ce n'est pas la femme. C'est un être hybride, androgyne, masculin : la femme niée.

La boulimie, remplir le manque

La boulimie est une détresse immense, silencieuse et honteuse qui frappe beaucoup de femmes, sans qu'elles puissent en parler. C'est la haine de soi féminine poussée à son paroxysme, la forme alimentaire du suicide, l'autre versant de l'anorexie. Vide d'estime de soi, en manque affectif, la femme boulimique se remplit pour combler son vide, puis se fait vomir. Ayant un besoin vital de se remplir, elle s'aperçoit que le remplissement n'a pas apaisé sa souffrance, elle se purifie à nouveau, mais immédiatement après, apparaît le manque, elle s'enferre dans ce cercle vicieux, sans pouvoir s'arrêter. Comme une héroïnomane, elle ne vit plus que pour cela. Quand elle se fait vomir, la bile remonte et détruit la trachée, l'œsophage et les dents. Elle peut se faire vomir dix fois par jour. Sa vie sociale est brisée puisqu'elle ne peut pas montrer son addiction aux autres. Ayant peur de grossir, elle ne peut pourtant s'empêcher de manger à l'excès. Elle ingurgite et rejette en culpabilisant, car elle sait que la nourriture ne doit pas être utilisée ainsi. Plus elle le fait, plus elle a l'impression d'être minable, de perdre sa liberté, sa dignité. Manquant d'estime de soi, elle s'en punit encore.

La dysmorphophobie

Autre conséquence du diktat du physique parfait, la dysmorphophobie ou B.D.D. (Body Dysmorphic Disorder). C'est une inquiétude excessive à propos d'un défaut imaginaire de l'apparence physique. Elle est le fait d'un individu normalement constitué qui croit être affecté de déformations physiques, qui juge son corps difforme. La souffrance qui en résulte est démesurée par rapport au défaut.

S'il existe une forme clinique de la dysmorphophobie, il nous semble qu'elle est désormais une maladie sociale qui touche, plus ou moins, toutes les femmes. Selon Katherine Philipps, auteur de *The broken mirror, understanding and treating body dysmorphic disorder*, les comportements associés à la dysmorphophobie à l'état pathologique sont :

– comparer son apparence physique avec celle des autres,

– se regarder dans un miroir,

– camoufler ses défauts avec des vêtements,

– adopter une certaine posture,

– faire appel à la chirurgie esthétique ou à la dermatologie,

– poser des questions aux autres sur le défaut pour chercher à se rassurer,

– utiliser des miroirs grossissants pour focaliser le défaut,

– toucher le défaut.

Ces gestes, les femmes les connaissent. Elles se pincent les jambes pour observer l'état de leur cellulite, elles regardent leurs mollets dans les miroirs, de face et de dos, elles se pèsent, pour certaines, tous les jours. Elles souffrent toutes, sans le savoir, et sans que personne le leur dise, de dysmorphophobie.

Les solutions proposées par le corps médical à la dysmorphophobie sont le Prozac, le Zoloft et les thérapies cognitives. La dysmorphophobie sociale, dont souffrent toutes les femmes, nourrit elle aussi l'industrie des « drogues de survie » comme elle alimente la chirurgie esthétique.

Proposer à un individu souffrant de dysmorphophobie de prendre un anxiolytique pour réduire son anxiété par rapport à son corps revient à lui mettre un bâillon, en plus d'un corset.

Aujourd'hui, en France, près d'une femme sur deux déteste son corps. Cette obsession de la difformité du corps peut porter soit sur sa grosseur ou sa maigreur, soit sur sa taille, soit sur l'aspect disgracieux du visage, soit enfin sur les caractères sexuels. Cette quête de la perfection engendre l'apparition d'un sentiment d'insatisfaction. Le corps qui ne correspond pas aux normes devient source d'angoisse. Toutes les femmes qui ont une mauvaise image d'elles-mêmes dépensent leur argent et leur temps libre à lutter contre leur corps : à coups de régimes, de crèmes, de chirurgie, de sport, de massages, ou de vêtements amincissants. En guerre contre elles-mêmes, elles ne peuvent s'aimer que différentes de ce qu'elles sont. Les études ont montré que le poids joue un rôle essentiel dans la satisfaction corporelle, et que les médias ont une part importante dans la construction de l'image du corps. Ils ont contribué à propager l'image de ces mannequins qui produit chez celui qui les voit un sentiment d'insatisfaction. Les mannequins sont de plus en plus minces et fuselés ; et les femmes souffrent de plus en plus de l'écart entre ce modèle proposé comme valeur ultime et leur propre apparence, normale. Ce qui les plonge dans la détresse. Une étude menée aux États-Unis sur 30 ans par Ellen Berscheid pour *Psychology Today* évaluait, en 1973, à 23 % la part de femmes insatisfaites de leur corps. En 1986, à 38 % pour atteindre en 1997, 56 %. Cette même étude dévoile que 62 % des jeunes filles entre 13 et 19 ans sont insatisfaites de leur poids.

Morgane, 23 ans :

« Je me pèse tous les matins, tous les soirs, et quelquefois, quand je suis à la maison, après avoir fait pipi. Quand je me pèse, j'enlève tout, même ma barrette et ma montre. Parfois je me pèse alors que je suis en train de me brosser les dents et j'enlève la brosse à dents, parce que je veux connaître mon poids exact. J'ai une balance à cent grammes près. Je pars en vacances avec ma balance, et je m'en fous si on se moque de moi. Je ne m'en sépare jamais. Quand je pèse plus que 51 kilos, ma journée est flinguée. Quand je suis à 50,5 je passe une journée géniale, je suis

de super bonne humeur. Mon rêve serait d'arriver à 49. De temps en temps, il m'arrive de faire 52, et là je m'enferme dans ma chambre et je ne veux plus voir personne, je me sens nulle, j'ai honte, et je me déteste. Même si je sais bien que de l'extérieur ça ne doit pas se voir mais moi je le sais et ça me rend malade. »

Les images proposées par les médias ne correspondent pas à la réalité. Les mannequins sont maquillées, visage et corps, l'éclairage est savamment travaillé, les défauts sont gommés par ordinateur. Le résultat est inhumain, et le proposer comme modèle, c'est condamner au désespoir celles qui le regardent. Comme le confie Cindy Crawford : « Même moi je ne ressemble pas à Cindy Crawford quand je me réveille le matin. »

De la même manière que les fabricants de cigarettes sont tenus de mentionner sur les paquets que « le tabac tue », chaque publicité, chaque reportage mode de magazine devrait préciser :

Le mannequin que vous voyez sur cette publicité n'existe pas vraiment. Il a été retouché, gommé, redessiné par ordinateur. Il ne peut donc en aucun cas constituer un modèle de beauté.

La chirurgie des bien-portants

Dans le même souci de recherche de maîtrise de leur corps, les femmes ont de plus en plus recours à la chirurgie esthétique.

« En chirurgie plastique, il n'y a pas de pathologie. Les patientes qui viennent ne sont pas malades », dit Maurice Mimoun, chef de service en chirurgie plastique reconstructrice et esthétique à l'hôpital Rothschild, à Paris. La chirurgie plastique est la chirurgie des gens bien-portants qui sont malades de leur image. Pourtant, comme le relève Maurice Mimoun, on est dans une société de l'image « où personne ne regarde personne. Les patients de la chirurgie esthétique sont souvent étonnés du fait que personne ne remarque qu'ils se sont fait opérer ». « Une femme qui a de la culotte de cheval ne sait plus si on la regarde ou si on regarde sa culotte de cheval, c'est pour ça qu'elle veut s'en débarrasser. La pression sur le corps est beaucoup plus importante pour la femme que pour l'homme. Les femmes sont plus indulgentes avec les hommes que les hommes avec les femmes », remarque M. Mimoun. Ses patientes souffrent de défauts physiques qui leur rendent la vie insupportable. Ces défauts physiques, lui, pourtant, ne les voit pas. Définir le défaut physique, pour lui, c'est catastrophique. « Aspirer à la photogénie, à la beauté parfaite, est une entreprise vaine et morbide. La beauté, c'est un sentiment, ce n'est pas mesurable. La beauté est une émotion. Qui peut savoir ce qu'est une belle femme ? » Certaines femmes entrent dans son cabinet en disant « vous voyez pourquoi je viens », et lui, dans la grande majorité des cas, ne voit pas. Il est là pour soulager la difficulté de vivre de ces femmes. Qu'il s'agisse d'un nez, de seins ou de rides jugées ingrates au visage. Il nous raconte qu'une femme peut venir le voir pour se plaindre de ses seins, qu'elle trouve trop petits. Une autre femme se présente à lui un autre jour, avec exactement les mêmes seins, mais cette femme-là se plaint qu'ils sont trop gros. « Le but de la première consultation, c'est de comprendre ce que la femme est venue chercher : les gens plaquent sur leur corps des soucis qui sont ailleurs. Une femme est venue me voir parce qu'elle voulait se refaire les seins qui, selon elle, tombaient un peu. Mère de trois enfants, elle venait d'apprendre que son mari avait une maîtresse et elle espérait que cette intervention lui permettrait de le reconquérir. Mais ce n'est pas parce qu'elles ont les seins qui tombent que les femmes sont abandonnées. C'est parce qu'il est très difficile d'être à la fois mère et maîtresse. »

La chirurgie esthétique est la chirurgie de la société. Victimes de pathologies sociales, les femmes dysmorphophobiques et anorexiques viennent témoigner dans le cabinet du chirurgien des troubles profonds de la société, si profonds qu'elles vont elles-mêmes s'automutiler. Si 90 % des patients des chirurgiens esthétiques sont des femmes, c'est parce que les femmes ont intégré les normes drastiques imposées par la société qui leur dicte de s'enlever leurs kilos de chair, ou bien de souffrir pour le restant de leurs jours. En somme, l'expression « il faut souffrir pour être belle » s'applique désormais au pied de la lettre : « si tu ne souffres pas, tu ne peux pas être belle. »

Une initiative heureuse

À l'initiative de la marque Dove, Susan Orbach, de la London School of Economics, et Nancy Etcoff, de l'université de Harvard ont mené conjointement plusieurs études et sont arrivées au constat que 80 % des femmes qui ouvrent un magazine féminin voient chuter leur estime de soi.

En partant de l'idée que la véritable beauté n'est pas celle que nous imposent les stéréotypes de la publicité, la marque Dove a repris la définition du dictionnaire Webster de 1913, selon laquelle la beauté consiste en des propriétés « plaisant à l'œil, à l'oreille, à l'intellect, au sens de l'esthétique ou à la morale ». Sur cette base, la marque a décidé de réhabiliter cette conception globale de la beauté. C'est pourquoi elle a mis en place une campagne publicitaire faisant appel à des femmes ni minces, ni jeunes, ni spectaculaires, de vraies femmes, des femmes de la vie de tous les jours, des femmes bien dans leur peau.

Voilà donc un marketing valorisant, qui va dans le sens du bien-être de la femme, de toutes les femmes.

Le regard des hommes

« Un peu de cellulite, ça ne me pose pas de problème. » « Je suis plutôt attiré par des filles avec des formes. » « Les femmes qui ont des hanches, des formes, c'est joli. » « Les cheveux, l'odeur, la peau, la grâce des mouvements, j'y suis très sensible, par exemple les mouvements des mains. » « J'aime bien les visages atypiques. » « Une femme bien dans sa peau va exprimer quelque chose de plus attirant qu'une femme qui ne se trouve pas belle. Une fille belle mais mal à l'aise ne va pas être très attirante. » « Il n'y a pas que la beauté plastique des magazines, les mannequins, quand on les sort, elles sont super mignonnes mais elles n'ont rien à voir avec les photos que les mecs te sortent avec le maquillage et la lumière. » « De toute façon la beauté des filles dans les magazines c'est pas une beauté réelle. » « Il y a des femmes très belles en dehors des critères esthétiques des magazines. » « Un sourire ça peut t'emporter le truc ; sans aucun doute. » « Il y a des femmes de 50 ans très belles. » « Les femmes rondes sont belles parce qu'elles portent une vraie joie de vivre dans leur corps ; il y a de l'hédonisme chez elles qu'il n'y a pas chez les anorexiques. Ça a un côté assez sensuel et charnel, les femmes grosses. » « Tu pardonnes la cellulite parce qu'une femme est bien dans son corps, qu'elle sait bouffer, boire, jouir. Ça devient un attribut de plaisir. On ne peut pas avoir un attrait de la cellulite mais elle est pardonnée à une femme qui la porte dans ce contexte et qui l'assume. » « Ça dépend comment on la porte. Il vaut bien mieux de la cellulite chez une femme grosse qui va prendre du plaisir à choisir son plat au restaurant et le manger avec délectation, qu'une femme mince qui a renoncé à tout plaisir alimentaire, à l'alcool et à la joie qui vient avec l'alcool et à la joie qui vient avec les formes. » « Il y a des femmes qui peuvent être très désirables tout en étant grosses. » « Les proportions sont plus importantes que le poids. » « Le désir, c'est assez démarqué du physique. Il y a des femmes qui irradient l'épanouissement sexuel malgré un physique presque ingrat et qui t'attirent énormément. Il y a des femmes sculpturales dont on sent qu'elles vont aller se faire vomir après le repas et ça te donne la nausée. » « C'est difficile d'être sensuelle en étant vraiment mince. L'exemple type c'est les mannequins, on aime bien se pointer avec elles au resto, tous les regards fusent, et quand tu rentres à la maison tu la troquerais bien contre une femme bien ronde. » « Certains hommes ont besoin d'une femme-étendard, un mec qui a résolu ça peut sortir avec une petite grosse géniale. » « C'est beau des petits seins. » « Les seins refaits ça marche très bien vu de l'extérieur, quand t'es dans l'intimité, c'est moins intéressant que les vrais seins. C'est pas la même texture. »

La femme invisible

« Il est interdit d'être vieux. » Cette citation de Rabbi Nahman de Breslav, dans son sens originel, signifie qu'il faut toujours rester jeune d'esprit même lorsqu'on prend de l'âge.

Mais dans notre société il est interdit d'être vieux, non au sens intellectuel mais au sens littéral, physique. Et plus précisément : il est interdit d'être vieille. Interdit de prendre des rides, d'avoir la peau flasque, de grossir, d'avoir les seins qui tombent, les cheveux gris.

L'horreur de l'âge

Attention, prévient un magazine, la vieillesse commence dès 20 ans. À 20 ans, il faut déjà apprendre à « gérer son stress » car, selon un test effectué sur des étudiants à la veille d'un examen, la « ride du lion » apparaît à cause de la tension. Il faut prendre soin du contour des yeux car il ne contient pas de cellules graisseuses et donc impérativement mettre des lunettes de soleil et investir dans un premier soin contour des yeux. Arrêter de fumer car les contractions des muscles autour de la bouche provoquent des ridules de fumeuse. Dès 30 ans, nous dit-on, la peau perd sa capacité à retenir l'eau et, sur une peau déshydratée, les ridules s'infiltrent bien plus vite. Puis la production des fibres de soutien (collagène et élastine) diminue à son tour : les rides pointent leur nez et la peau commence à manquer de tonus. Il faut se patcher pour injecter du collagène. Il faut se méfier de l'ordinateur qui risque de fatiguer l'œil et de provoquer des rides sur le contour de l'œil, et donc commencer à utiliser un concentré anti-rides. Le métabolisme commençant à ralentir, il faut faire de la microdermabrasion ou du peeling et activer la microcirculation. Se faire faire des massages tonifiants pour lutter contre la peau qui commence à se relâcher.

À 45 ans, il n'y a pas à hésiter, la solution magique c'est le Botox, ou toxine botulique. Le Botox injecté en intramusculaire fige les rides d'expression pour une période qui va de 4 à 6 mois. La toxine botulique est un cyanure, et donc mortelle à hautes doses. À petites doses, elle a le pouvoir de paralyser momentanément les muscles du visage. Elle immobilise les traits, ce que l'on peut voir sur certaines actrices qui ne parviennent plus à avoir un jeu expressif tant elles ont un visage figé.

Il faut faire : des séances de drainage lymphatique, des multi-injections d'acide hyaluronique, des soins repulpants et des micro-injections spécifiques pour les lèvres. Pour lutter contre les taches de vieillesse, de la cryothérapie, du laser ou du peeling. Le laser chauffe la peau en profondeur dans le but de stimuler la synthèse du collagène, qui permet de lutter contre les taches, les rides et les rougeurs. Il existe deux types de peelings : le peeling superficiel à l'acide glycolique ou salicylique qui lutte contre les premières ridules et le peeling moyen à l'acide trychloracétique. Il faut utiliser le proxylane, qui relance la production de collagène, associé à un actif liporestructurant. Il faut faire appel au mésolift, qui consiste à injecter un mélange de produits (vitamines, minéraux et acide hyalorunique) qui ont un effet de lissage des joues et du décolleté.

À la recherche de la graisse perdue

Comme l'explique sobrement le site d'information des chirurgiens esthétiques www.chiresthetique.info, le vieillissement cutané du visage est dû à une perte d'élasticité et à un amincissement de la peau. Il se traduit par un affaissement du visage et par l'accentuation des ridules et des rides d'expression que l'on comble par l'injection de collagène.

Le collagène : du lard ou du cochon ?

Le collagène sous forme de supplément – à la différence du collagène fabriqué par la peau – est issu de la gélatine. On fabrique cette dernière en soumettant les os et la peau (couenne) d'animaux, le plus souvent des bovins ou des porcs d'élevage, à différents traitements : nettoyage, dégraissage, traitement à l'aide d'acides ou de bases, extraction par hydrolyse, purification, concentration et séchage. La gélatine ainsi obtenue trouve de nombreux usages dans l'industrie alimentaire, notamment comme agent de texture, mais également dans l'industrie pharmaceutique qui l'emploie pour la fabrication des capsules. Elle est aussi utilisée dans la fabrication des papiers et des pellicules photographiques.

En poussant un peu plus loin la transformation de la gélatine, on obtient un hydrolysat de collagène qui est employé sous forme de supplément. Certains fabricants mettent également sur le marché du collagène dit de « type II », c'est-à-dire présent dans les cartilages. Ces suppléments de collagène sont généralement fabriqués à partir de cartilage de poulet.

Maigrir-vieillir : le duo gagnant

Évidemment les femmes manquent de collagène, évidemment elles se rident puisqu'elles sont trop minces à cause des nombreux régimes qu'on leur impose. Les femmes rondes ont une peau toute lisse jusqu'à un âge avancé, puisque leur graisse remplit les plis de la peau et la tend pour lui donner un aspect lisse. Donc le fait d'exercer sur les femmes la dictature de la minceur entretient le vieillissement de la peau et le relâchement des tissus qui lui-même soutient les industries pharmaceutiques, la chirurgie esthétique et l'industrie cosmétique. La peau n'est pas flétrie par le vieillissement mais par la maigreur, le sous-poids.

L'économie de notre pays repose sur les défauts imaginaires qu'on attribue à la femme quel que soit son âge. Sur elle repose un nombre d'industries impressionnant : pharmaceutique, agro-alimentaire, vestimentaire, l'industrie de la beauté, la presse, les cliniques, les instituts de beauté et les spas, la liste n'est pas exhaustive.

Si la peur de vieillir est constamment stimulée, nourrie, entretenue, c'est parce que la peur de la vieillesse est une industrie florissante. Sans la femme, de larges secteurs de l'économie française s'effondreraient : la femme est une vache à lait.

L'invention de la ménopause

Et pour profiter pleinement de cette peur du vieillissement quoi de mieux que l'invention d'une maladie ?

INDEX D'UN SITE MÉDICAL

Allergies	*Cigarette*
Alzheimer	*Diabète*
Asthme	*Fièvre*
Cancer	*Handicap*
Cholestérol	*Hépatite C*

Insomnie
Mal de dos
Maux de ventre
Méningite
Ménopause
Migraine
Obésité
Rhinite
Rhume
Sinusite
Vaccination

Les acteurs du monde médical, y compris les forums que l'on trouve sur Internet, présentent la ménopause comme une maladie au même titre que le diabète, l'hépatite, ou la méningite. Ces trois maladies peuvent être fatales à l'individu, le fait que la ménopause y soit associée la range au niveau des maladies graves, voire mortelles.

La ménopause n'a pas toujours existé. Bien sûr, il y a toujours eu cette idée qu'à un certain âge de la vie, la femme doit renoncer à la maternité. Il y a cette fameuse horloge biologique qui règle la vie de la femme. Mais c'est dans notre société, et relativement récemment, que ce phénomène est devenu un drame, une tragédie, une abomination ; alors que dans certaines ethnies africaines ou sud-américaines, il est vécu comme une libération. Bien sûr, l'arrêt des règles s'accompagne de quelques désagréments et bouffées de chaleur, mais c'est transitoire, et plutôt positif pour la femme qui peut retrouver sa liberté sexuelle sans se soucier de la contraception, et sans se retrouver enceinte. Une étude sur les femmes beti du Sud-Cameroun [1] a montré que la vie sexuelle des femmes, centrée surtout sur la mise au monde d'enfants, cesse avec

1. Parue dans le *Journal des africanistes*, vol. 73, 2003.

l'arrêt des règles, mais loin d'être vécue sur un mode tragique, cette cessation marque le début d'une période où la femme, libérée des obligations du mariage, est considérée comme accomplie, et prête à exercer d'importantes fonctions, qui lui étaient refusées avant. Une autre étude menée chez les femmes mayas montre que celles-ci ne sont affectées par aucun des effets dits indésirables de la ménopause, tels que les bouffées de chaleur par exemple.

Entretien avec Martine Perez, gynécologue et journaliste au Figaro, *spécialiste des questions médicales, auteur de* Ce que les femmes doivent savoir, traitement hormonal substitutif : la fin d'un mythe [1].

La ménopause n'est pas une maladie. On nous fait croire que c'est une tragédie, et il y a une véritable campagne de dramatisation de la ménopause mais c'est faux. La ménopause est simplement une nouvelle phase de la vie. Les médecins ont fait croire que la ménopause c'est le vieillissement, mais c'est faux. D'ailleurs on voit bien que les femmes de 50 ans sont superbes. La ménopause est un phénomène physiologique normal qu'on a voulu transformer en maladie.

Le marketing a pris le pas sur la raison. Les médecins en étaient dupes eux-mêmes. On nous a dit que les femmes étaient plus belles, qu'elles avaient moins de risques, lorsqu'elles prennent

1. Robert Laffont, 2005.

des hormones : et tout le monde a été dupe de ce discours, « les hormones ont des effets positifs ». Un certain nombre de médecins liés à l'industrie pharmaceutique en ont fait délibérément une publicité mensongère. L'industrie pharmaceutique cherche un médecin pour faire une étude qu'il paye, et le médecin, comme par hasard, trouve cela très bien.

Le risque de cancer du sein, on n'a pas trop voulu le voir. Aujourd'hui il est admis que les œstrogènes font partie des cancérigènes définis par le Centre international de recherche sur le cancer.

Quand je faisais mes études de médecine, je me suis dit, c'est merveilleux les hormones, lorsque j'exerçais en tant que gynécologue, je prescrivais des hormones aux ménopausées.

On a menti aux femmes pendant des années, on leur a dit, cela va vous maintenir jeunes, en bonne santé, ça ne peut être que bénéfique. C'est un discours délirant. Je pense que le fait de prendre des hormones n'empêche pas de vieillir, tout le monde vieillit, les hommes, les femmes... Et on a menti en disant toutes les femmes en ont besoin. Par exemple, les femmes grosses, enveloppées, ont une sécrétion d'hormones, un imprégnation hormonale, il ne faut pas leur donner d'hormones car elles ont un taux d'hormones suffisant pour éviter les complications de la ménopause.

Les bouffées de chaleur sont transitoires. La sécheresse vaginale peut se résoudre d'autres façons, comme avec les lubrifiants. Les laboratoires pharmaceutiques ont dramatisé la souffrance des bouffées de chaleur parce que c'était ça le point commun à toutes les femmes ménopausées et qu'en mettant en avant les bouffées de chaleur comme dénominateur commun, ça les assurait de toucher le plus grand nombre de femmes. Les œstrogènes n'améliorent pas la qualité de la peau. On a constaté que les femmes qui prenait le THS étaient des femmes de milieux sociaux favorisés qui par ailleurs faisaient très attention à elles : c'est sans doute la véritable raison pour laquelle leur peau était moins desséchée. Il n'y a eu aucune étude sérieuse là-dessus.

Quant au désir sexuel, il ne dépend pas des œstrogènes. Si on prend des œstrogènes, on réduit le risque d'avoir de l'ostéoporose, qui est le seul vrai problème de la ménopause. L'ostéoporose est liée à la carence hormonale : c'est aussi le problème le plus grave, le plus embêtant, le plus compliqué. C'est celui qui fait que les femmes se tassent, perdent des centimètres, se font plus facilement des fractures. Mon idée à moi c'est de dire aux patientes qu'il y a des risques liés aux hormones : notamment le cancer du sein. Et j'attends toujours qu'on prenne 16 000 femmes françaises et qu'on fasse une étude. 8 000 avec traitement, 8 000 sans traitement, et comparer, sur 15 ans.

Aux États-Unis, il y a actuellement une baisse du cancer du sein parce que depuis 2002, les femmes ont arrêté de prendre des hormones, comme l'a montré l'étude WHI.

Le terme même de ménopause remonte au XVIIIe siècle. En 1816, le médecin Gardenne parle de ménospausis, qu'il transforme bientôt en « ménopause ». Peu à peu, au fil du temps, le terme a pris de l'ampleur jusqu'à aujourd'hui où la ménopause est un concept acquis, vulgarisé, compris et employé par tous pour caractériser une véritable maladie décriée aussi bien par les magazines que par la communauté scientifique et médicale.

C'est à partir du XIXe siècle que les discours des médecins sur cette question ont commencé à prendre de l'ampleur. La ménopause commence alors à être décrite comme une période particulièrement dangereuse pour la femme avec une floraison de maladies qui risquent de l'accabler, en plus de la blessure narcissique provoquée par ce qu'ils pensent être la perte de sa féminité et l'entrée dans l'âge de la décrépitude. Affligée de tous ces maux, la femme se voit privée de sa vie sociale et de sa capacité de séduction. À les croire, elle n'a plus qu'une chose à faire : se préparer à sa mort.

De façon concomitante à ce discours alarmiste, s'est développé celui des remèdes à la ménopause, et en particulier le traitement hormonal, qui a commencé, lui, à se développer dans les années 1940 (comme celui sur la cellulite). Le premier traitement contre la ménopause, constitué d'œstrogènes, Premarin, introduit en 1942 aux États-Unis, créa un phénomène marketing et culturel d'une envergure inédite, avec force articles, livres, émissions de télévision. Les laboratoires produisant les traitements hormonaux ont réalisé des films éducatifs à l'intention des médecins empreints de paternalisme et exploitant les peurs des femmes. « Les altérations physiques associées à la ménopause peuvent impliquer des bouleversements émotionnels. Quand une femme a des bouffées de chaleur, qu'elle voit apparaître de plus en plus de rides sur son visage, elle a peur de perdre sa jeunesse et de perdre son mari », pouvait-on entendre.

Face à la ménopause, la femme se trouve prise au piège. D'un côté le corps médical lui répète que si elle ne prend pas de traitement substitutif hormonal, sa colonne vertébrale s'effondrera à cause de l'ostéoporose – comme un immeuble dont les fondations se fissurent, comme le précise un site internet dédié à la ménopause, qu'elle souffrira de bouffées de chaleur, qu'elle perdra le sommeil et sa bonne humeur. On lui dit qu'elle grossira, que ses bras deviendront flasques, que sa peau se flétrira, que sa vie sexuelle s'arrêtera, que son mari ne la désirera plus, bref : si elle ne prend pas le THS, elle le regrettera amèrement.

D'un autre côté, à cause d'articles ayant établi un lien entre cancer du sein et prise de ce traitement hormonal de substitution, la femme est terrorisée. Entre avoir les bras qui grossissent et le cancer du sein, que choisir ? La plupart des médecins considèrent que ne pas prendre le THS est une erreur. Pourtant, une grande partie des femmes l'ayant pris ont eu, à la suite de ce traitement, un cancer du sein.

Si le seul problème réel de la ménopause est l'ostéoporose, pourquoi ne pas se contenter d'un médicament contre cette maladie ?

Mais pour cela, il faudrait reconnaître que la ménopause n'est pas une tragédie, et même qu'elle n'existe que dans le discours pseudo-scientifique qui vise à enserrer la femme dans le corset invisible de l'âge interdit.

La femme aux hormones

On peut dater le début de la période glorieuse des hormones de la publication de *Feminine Forever*[1], ouvrage grand public de Robert Wilson, gynécologue new-yorkais. Son livre fit sensation, même en France où il se vendit à un million d'exemplaires. Dans cet ouvrage, Wilson entérinait le fait que la ménopause était une tragédie pour les femmes, une atrocité qui transformait les femmes en vieilles sorcières desséchées, capricieuses et sans attrait sensuel ; mais heureusement la solution à ce fléau existait : les hormones. Il gagna l'adhésion des femmes en leur promettant la jeunesse, la beauté et une vie sexuelle épanouie. Même si la FDA (Food and Drug Administration) accusa Wilson de proférer des promesses non fondées, son livre toucha le cœur de toutes

1. *Féminine pour toujours*, Éditions de Trévise, 1967.

les femmes, qui s'empressèrent de demander le traitement à leur médecin. Or, après sa mort, son fils révéla, documents à l'appui, que Wilson avait été financé par des laboratoires pharmaceutiques.

À cause de cet ouvrage, des millions de femmes ménopausées prirent la pilule de jouvence. Des livres et des magazines relayèrent cette publicité pour les œstrogènes, en allant jusqu'à dire que la prise d'œstrogènes était une excellente méthode de prévention contre le cancer.

Mais peu à peu, la science commença à effriter l'image parfaite des œstrogènes miraculeux. En 1975, le *New England Journal of Medicine* publia deux études établissant un lien entre le cancer de l'utérus et la prise d'œstrogènes. En 1989, ce même journal annonça que le cancer du sein était lié à la prise d'œstrogènes.

En 2002, le gouvernement américain annonça que les femmes prenant des œstrogènes combinés à de la progestine s'exposaient à un risque accru de cancer du sein, de maladies cardiovasculaires et d'infarctus.

La médicalisation de la ménopause

par Kathleen O'Grady et Barbara Bourrier-LaCroix

Depuis une dizaine d'années, la ménopause a fait l'objet d'une médicalisation croissante ; de stade naturel dans la vie d'une femme, elle est devenue une source de « malaises » ou une « maladie » nécessitant un « remède ». Comme par hasard, cette évolution a coïncidé avec la période *où, en Amérique du Nord, des millions de femmes de la génération du baby-boom sont arrivées à la ménopause. Les bénéficiaires directs de l'engouement pour le THS sont les sociétés pharmaceutiques, qui en ont fait une industrie de plusieurs milliards de dollars. La société Wyeth, qui fabrique le Premarin, la formule de THS la plus vendue aux États-Unis, affiche des ventes de 2,07 milliards $ US en ordonnances pour l'an dernier seulement, ce qui fait de ce produit le meilleur vendeur de la société.*

Or les perdantes face à cet engouement pour le THS sont précisément ces femmes d'âge mûr qui devaient prétendument jouir des bienfaits de cette thérapie. Les résultats de l'étude du WHI (Women's Health Initiative) ne laissent aucun doute : les risques relatifs associés au THS de longue durée (œstrogènes combinés à la progestine pendant plus de cinq ans) atteignent le chiffre alarmant de 41 % en ce qui concerne les accidents cérébrovasculaires. Le taux de risque s'élève à 29 % pour ce qui est des crises cardiaques, 22 % pour les maladies cardiovasculaires, 26 % pour le cancer du sein et, dans le cas des caillots, il est doublé.

(...) Et la question sur toutes les lèvres est la suivante : comment se fait-il que l'on ait incité des femmes en bonne santé à suivre un THS pendant une période aussi longue ?

Extrait du site Canadian Women Health Network

Le THS : un médicament à la recherche de sa maladie

Le THS considéré comme moyen de soulager temporairement des effcts indésirables liés à la ménopause a été repositionné par le marketing de l'industrie pharmaceutique comme une mesure de prévention à long terme à prendre sans limite dans le temps. Ceci permet de vendre un médicament non pas 2 ou 5 ans, mais 25 ans d'affilée.

Non seulement les traitements hormonaux sont dangereux pour la santé de la femme, mais en plus, la durée proposée pour ces traitements est aberrante.

Nous connaissons toutes des femmes de 80 ans, radieuses, en pleine forme, et qui n'ont jamais pris de THS. Tout ce marketing fondé sur la peur de la femme de voir petit à petit sa vie partir en déliquescence est responsable précisément du fait que sa vie parte en déliquescence. Le médicament crée ce qu'il prétend guérir. Autrement dit, comme tout produit marketing, le produit crée le besoin. Mais ici il ne s'agit pas de lessive ni de céréales, il s'agit de la vie de la femme.

Les sociétés pharmaceutiques ne sont pas les seules responsables, les institutions le sont aussi, lorsqu'elles acceptent de mettre sur le marché des médicaments qui n'ont pas été testés sérieusement. La femme est-elle le cobaye social ? Pourquoi essaye-t-on sans cesse de sortir d'elle plus d'argent, jusqu'à sa mort ? Comment peut-on laisser la « science » et le marketing occulter la vraie recherche médicale ? Qu'aurions-nous fait sans l'étude WHI venue des États-Unis ? À l'instar de l'étude WHI, la France ne devrait-elle pas lancer une étude sérieuse et indépendante sur le THS ? En France, certains médecins insistent sur la différence entre les THS américains et les THS français. Aux États-Unis, expliquent-ils, les hormones sont « synthétiques », alors qu'en France, elles sont « naturelles », et donc non nocives. Mais ils peinent à expliquer la différence entre hormones synthétiques et naturelles. Est-il possible de faire une étude claire à ce sujet et d'en publier les résultats ?

Il est temps que les femmes comprennent qu'elles sont une cible marketing pour toute l'industrie et que vis-à-vis d'elles, il n'y a pas de bonne intention. Sans verser dans l'anti-libéralisme ni dans la paranoïa, il est temps que les femmes prennent en main leur santé, et qu'elles sachent qu'elles ne peuvent plus faire aveuglément confiance à leur médecin, jusqu'à la définition même des termes qu'il emploie. Aujourd'hui, comme on n'arrête pas le progrès, l'invention de la ménopause s'est étendue à celui de la « préménopause », néologisme médical qui définit la période de quelques années qui précède la ménopause, et qui a toutes les caractéristiques d'une nouvelle maladie, et donc d'une nouvelle manne pour les laboratoires pharmaceutiques. Les concepts médicaux deviendraient-ils des concepts marketing ?

Une pilule dure à avaler

La pilule fait partie des rites initiatiques des jeunes femmes qui passent à l'âge adulte. Plus qu'acceptée, elle est rentrée dans les mœurs, elle est devenue une évidence. Plus de 100 millions de femmes dans le monde utilisent la pilule, soit près de 10 % en âge de procréer.

On s'aperçoit qu'une très grande majorité des médecins prescrivent la pilule, souvent sans poser toutes les questions nécessaires. Pour justifier cette pratique admise de tous, le professeur Jacques Lansac, président du Collège national des gynécologues et obstétriciens français, remarque : « Il faut savoir que tous les médicaments ont des inconvénients et des avantages. La pilule diminue de moitié le taux de cancer des ovaires, particulièrement méchant. Elle diminue aussi de 50 % le taux de cancer de l'endomètre. Grâce à la pilule, les femmes vont voir leur médecin une fois par an pour dépister le diabète, le cholestérol, le cancer du col de l'utérus... Il faut voir de façon globale la santé des femmes. » Mais ne pourrait-on envisager d'aller voir son gynécologue sans que celui-ci, en plus de nous soigner, nous fasse prendre des risques vitaux sur notre santé ? De plus, l'abandon de la pilule ne protégerait pas entièrement contre le cancer du col, qui est dû à un virus sexuellement transmissible ou au tabac. De même, l'arrêt de la pilule ne protégerait pas non plus à 100 % contre le cancer du sein. Les causes de ce dernier seraient davantage liées à l'allongement de la durée de la vie, au recul de l'âge à la première naissance et à nos habitudes alimentaires.

Mais plus grave encore, à la différence du préservatif, la pilule, elle, est nocive. En 2005, le Centre international de recherche sur le cancer (CIRC) a publié un rapport établissant un lien direct entre la pilule et les trois cancers suivants : le cancer du sein, celui de l'utérus et celui du foie. Il a classé la pilule contraceptive œstroprogestative dans la catégorie 1 des produits cancérigènes, la plus dangereuse sur l'échelle de valeur. Les scientifiques du CIRC ont observé une augmentation de 20 % du risque de cancer du sein chez les femmes utilisant des contraceptifs oraux. Le risque de cancer du col utérin augmente avec la durée d'utilisation de la pilule. Les experts ont également noté une faible augmentation du risque de cancer du foie. En revanche, les cancers de l'endomètre et de l'ovaire semblent diminuer. Mais il faut tempérer ces observations par les chiffres : pour 4 500 cancers de l'endomètre en France et 3 100 cancers des ovaires, il y a 42 000 cancers du sein. La plupart des médecins clament que la moitié des cancers du sein sont dus au facteur héréditaire. Or, comment un facteur héréditaire ferait-il passer le chiffre des cancers du sein de 21 000 par an en 1980 à 42 000 en l'an 2000 ? Ne faudrait-il pas une révolution génétique pour que cette hérédité s'emballe à ce point ? Du point de vue des chiffres uniquement, le bon sens ne serait-il pas de soigner ce qui cause le plus de décès ?

Ne peut-on envisager le fait que les femmes qui ont pris la pilule dans les années 1970 aient augmenté leur risque de cancer du sein ? Si le THS est accusé, à juste titre, d'être très souvent à l'origine du cancer du sein, ne peut-on s'interroger sur la pilule contraceptive, qui contient les mêmes hormones ?

Toutes ces questions, qui sont des questions de bon sens, peu se les posent. Pourquoi ?

Le cancer du sein : la peste de notre époque

Toutes les heures en France, une femme décède d'un cancer du sein, ce qui correspond à plus de 11 000 femmes décédées chaque année en France. Ce fléau atteint des femmes de plus en plus jeunes, 50 % avant la ménopause.

Le risque de développer un cancer du sein au cours de sa vie augmente considérablement avec l'année de naissance. Ainsi, une femme sur 14 nées en 1928 développerait un cancer du sein avant 75 ans. Mais une femme sur 8 nées en 1953 en sera atteinte avant 75 ans. Cette évolution est observée dans la plupart des pays riches de l'Europe aux États-Unis. Qu'en sera-t-il des femmes nées en 1970 et de celles nées en 1985 ? Si l'on continue sur cette pente, ira-t-on jusqu'aux chiffres effarants de 1 femme sur 4, puis une femme sur 2 avec un cancer du sein ? On parle maintenant d'une épidémie de cancer du sein, qui est désormais la tumeur la plus fréquente, puisqu'elle arrive, par ordre de fréquence, avant tous les autres cancers, comme celui du poumon, ou celui du côlon. Selon le *Bulletin épidémiologique hebdomadaire*, le cancer du sein est également la principale cause de mortalité par cancer chez la femme. Cette évolution se retrouve dans tous les pays avancés, à l'exception notable du Japon. Où, jusqu'à une période très récente, la pilule contraceptive était interdite. Et en effet, on sait que les œstrogènes influencent le risque de cancer du sein, depuis que George Beaton a publié en 1996, dans la revue médicale anglaise *The Lancet*, les résultats de ses recherches pionnières montrant que l'ablation bilatérale des ovaires provoquait une rémission du cancer du sein chez les femmes atteintes en préménopause. Comme le dit le professeur Henri Joyeux, cancérologue, le cancer du sein est « le cancer hormonodépendant » par excellence.

Le corps médical dans sa grande majorité ne semble pas vouloir prendre en compte les avertissements du cancérologue Henri Joyeux qui est pourtant l'un des rares à lever le voile sur la relation entre les hormones et le cancer. Il explique lui-même que les causes hormonales du cancer sont les plus certaines. Et pourtant, dit-il, personne n'en parle, parce qu'elles touchent « à des intérêts économiques et idéologiques ».

Le cancer du sein, ce fléau pour la femme, est-il dû à la pilule, au THS ? Et si oui, comme cela semble être le cas, pourquoi si peu de gens le dénoncent-ils ? Pourquoi les pouvoirs publics n'ont-ils pas financé une recherche sérieuse et indépendante sur la relation entre les hormones et le cancer du sein ? Depuis 2000, il n'a pas été publié de chiffres sur le nombre de femmes touchées par le cancer du sein, pourquoi ?

Le crime qui paye

La société entretient avec la femme des rapports sado-maso. En cherchant à briser son corps et son esprit, son esprit par son corps, la société lui impose un corset invisible. Apparemment libre, la femme, en vérité, ne peut plus ni marcher, ni respirer, ni manger, ni vieillir, ni finalement vivre. Anorexique, boulimique, dysmorphophobique, elle s'étiole, abîme sa santé, sa joie de vivre, et, dans des cas extrêmes, meurt de cette quête impossible. La femme doit comprendre que ce n'est pas elle qui est en cause, ce n'est pas d'elle qu'elle doit douter, c'est de la société actuelle. Pour libérer la femme du corset invisible, c'est la société qu'il faut changer.

QUATRIÈME PARTIE

Portraits de femmes

La femme de vingt ans : en quête d'absolu

Sa chanson, c'est : *Jeune demoiselle*, de Diam's.
Dans mes rêves mon mec me parle tout bas
Quand il m'écrit des lettres il a la plume de Booba
Mon mec a des valeurs et du respect pour ses sœurs
Il a du cœur et quand il danse mon mec c'est Usher.

Jennifer, vingt-cinq ans, étudiante.

Aujourd'hui je me sens épanouie avec plein de doutes. Je rencontre plein de monde, j'ai plein de liberté mais j'ai des incertitudes parce que je ne suis pas sûre de choisir la bonne voie dans ma vie future. Le fait de découvrir quelque chose est toujours excitant mais le côté mystérieux est angoissant. Sur le plan personnel, c'est la cata. J'ai beaucoup d'espoirs, de rêves, je crois toujours au Prince charmant, j'attends quelque chose, j'idéalise, et par rapport à ce que j'attends, je me dirige vers des chemins qui ne sont pas forcément pour moi. Je rencontre beaucoup de monde, mais jamais rien de concret. Quand j'ai des rendez-vous, j'attends toujours le mec idéal. Mais au bout d'un moment, je me rends compte que c'est jamais le mec idéal. Pour moi, le mec idéal, ce serait mon meilleur ami, mon amant, mon mec, qu'on partage tout ensemble et qu'on construise ensemble.

Je me protège plus, j'y crois toujours mais avec un peu plus de recul. Parfois j'ai pas de nouvelles d'un mec après avoir passé une nuit avec lui, j'étais pas prête à ça. Je commence à changer d'optique.

À vingt ans comme à trente, les mecs sont plutôt attirés par la beauté, c'est physique. Alors que moi je pense plutôt au caractère, moins à m'amuser.

Je me remets en question par rapport à mon corps. Avant je rêvais d'être très fine et maigre, j'ai maigri, mais ça ne me satisfait pas, maintenant je ne me trouve pas très belle. J'ai toujours attaqué des régimes qui n'ont jamais abouti, le peu de fois où j'ai maigri, c'était à cause du stress ou des petites déprimes... Je rêve de ressembler à un mannequin, mais en même temps, je dois faire avec ce que j'ai. Je suis pour la chirurgie. Si on n'aime pas son nez, je ne vois pas pourquoi on le changerait pas pour être plus heureuse et épanouie.

J'ai très envie d'avoir des enfants. Je voudrais être une super-maman, une super-femme et une super-femme d'affaires aussi. Pour que je sois épanouie, il faudrait qu'il y ait les trois. C'est assez irréaliste mais je pense que si on s'entoure bien, c'est peut-être bête ce que je vais vous dire, les grands sont arrivés à leur niveau parce qu'ils sont bien entourés.

J'ai peur de vieillir, dans le sens où je me fixe des objectifs qui sont trop hauts pour moi, ou irréels, je vis dans mes rêves, mais c'est ce qui fait avancer, d'avoir des rêves.

J'ai été dans beaucoup de mariages, mais il y en a un seul qui m'a vraiment fait rêver. J'étais sur un petit nuage pendant trois ou quatre jours. Ils dégageaient de l'amour, c'est très rare. Beaucoup se marient par habitude ou par peur d'être seuls. Je sais qu'une vie de couple, c'est pas facile. Il y a beaucoup de concessions à faire. Ce que j'admire dans les anciennes générations, de ma mère ou ma grand-mère, c'est que c'est pas parce qu'on se disputait pendant deux ou trois mois qu'on divorçait, et même si l'homme avait une aventure, il avait le respect de la femme et des enfants. C'est peut-être des âneries ce que je dis mais je crois que l'homme aujourd'hui en a moins qu'avant. Il se dit toujours que peut-être qu'il y a mieux ailleurs.

La femme de vingt ans cherche du rêve, de l'absolu. Elle est romantique, même si, avec humour, elle sait prendre de la distance par rapport à sa propre naïveté. Elle a une sorte d'élan avec un peu de cynisme juste derrière. Elle est poussée par son rêve de vie parfaite, d'amour unique et éternel : le Prince charmant, toujours lui. Pour elle, l'amour est essentiel, c'est sa priorité absolue, le sens de sa vie, même si elle garde une forme de lucidité.

La femme de vingt ans a la logique *Star Ac*, elle veut être célèbre ou rencontrer quelqu'un de célèbre. Comme le dit la chanteuse Diam's : elle recherche un « mec mortel » : c'est-à-dire « ayant le charme de Beckham, le charisme de Jay-Z, le sourire de Brad Pitt, drôle comme Jamel, avec la carrière d'Eminem, qui aime *Friends*, *Lost* et les *Sopranos* ».

La reconnaissance est importante à ses yeux. Elle veut être non seulement appréciée pour ce qu'elle fait, et même pour ce qu'elle est, mais reconnue, et si possible, même, connue. Elle a besoin de se projeter dans cet espace de reconnaissance absolue qu'est la *Star Ac*. Elle a besoin de penser : j'existe aux yeux de tous, et donc, aux yeux de mes parents. La notoriété, c'est la réparation narcissique d'un manque affectif. Ce qui lui plaît dans la notoriété, c'est qu'elle va obtenir l'attention dont elle a manqué chez elle depuis la crèche et les quinze minutes par jour que ses parents lui consacrent. Si la *Star Ac* a un tel succès auprès de la femme de vingt ans, et si elle est devenue un tel phénomène de société, c'est parce que, adolescente, elle a manqué de reconnaissance et même d'existence dans sa famille. La femme de vingt ans est une enfant de la mère épuisée du post-féminisme.

La femme de trente ans : de l'absolu au pragmatisme

Sa chanson c'est *L'Envie d'aimer* de Pascal Obispo.
Ce sera nous, dès demain
Ce sera nous, le chemin
Pour que l'amour
Qu'on saura se donner
Nous donne l'envie d'aimer.

Linda Hardy, trente-trois ans, Miss France 1992, comédienne.

Sentimentalement c'est très calme. Je suis célibataire depuis sept ans. Ça fait longtemps.

Je suis actrice maintenant, c'est difficile, il y a des périodes difficiles, je me dis que je serais bien avec quelqu'un qui me soutienne, qui partage mes moments de doute... En période de plénitude professionnelle, je ne pense pas au manque affectif. C'est difficile pour les hommes de rencontrer quelqu'un qui ait une force de caractère, qui soit capable de s'assumer financièrement, affectivement. Je ne souffre pas de la solitude, ma compréhension de la vie m'a appris que cela permet de s'améliorer et être bien avec moi-même.

Je sais que le côté indépendante, et aussi la beauté font peur aux hommes. Un ami m'a dit quelque chose qui m'a fait beaucoup réfléchir : « Toi, tu n'as besoin de personne. »

L'image que je projette fait peur aux hommes. Les gens s'attachent aux apparences. Dans notre société, vous êtes ce que vous projetez. S'assumer et avoir une relation amoureuse paraissent incompatibles. Je m'assume totalement depuis très longtemps, il n'y a rien qui me fasse peur, les gens pensent que je suis une guerrière. C'est un leurre. Bien sûr, on se protège un peu car on a souffert en étant plus jeune, face aux douleurs qui peuvent vous atteindre.

Moi les hommes ne me font pas de cadeaux, personne ne m'emmène faire les boutiques. Je suis sortie avec quelqu'un le jour de mon anniversaire, il n'est même pas arrivé avec une fleur, rien. Personne ne m'offre des fleurs.

On attend des autres de faire ce que nous on ferait. Des fois, j'essaye de regarder les femmes qui se font offrir des fleurs, il y a un truc de manipulation très intelligent de leur part. Elles ont le talent de montrer à l'homme qu'il est indispensable. Elles font comprendre à l'homme qu'elles ont besoin de lui. Moi, on me dit que j'ai besoin de personne, mais affectivement, bien sûr que j'ai besoin de quelqu'un.

Dès que je me dévoile telle que je suis vraiment, profondément, avec ma fragilité, dès que je commence à être en demande, alors on me dit : « Je ne veux pas d'une fille qui se comporte comme une gamine de dix-huit ans. »

Les qualités que j'attends d'un homme : intelligent, gentil, tendre, indépendant financièrement. Un homme qui m'invite à dîner a déjà des points en plus. C'est une manière de s'affirmer, c'est une façon de prendre le pouvoir. J'ai pas envie d'un homme que je mène car, dans ma vie, je vais de l'avant tout le temps, je veux quelqu'un qui prend le pouvoir, je n'ai aucune envie d'être dans la domination. Avec les femmes, il faut savoir poser des limites. Il faut avoir un partage des rôles. Si j'invite un homme au restaurant et qu'il se laisse faire, il perd sa virilité.

Je me fais beaucoup draguer par des hommes mariés. C'est déstabilisant. C'est un tue-l'amour dès le départ. Je me suis fait draguer par un homme dont la femme était enceinte, je ne le savais pas. Moi j'ai jamais trompé quelqu'un avec qui j'étais. Mais je comprends les femmes qui acceptent l'adultère de leurs hommes. Pour moi, c'est pas une preuve de faiblesse mais une forme d'intelligence et de lucidité.

Entre trente ans et quarante ans, c'est l'âge de tous les bouleversements.

La femme de trente ans doit tout mener de front et tout installer dans sa vie : en quelques années elle se marie, elle devient mère, elle mène sa carrière, elle divorce, elle se retrouve seule à élever ses enfants, et parfois même elle se remarie.

Elle veut réussir sa carrière, mais pas à tout prix. « Ce qui est important, nous dit Vanessa, trente-deux ans, c'est de réaliser une activité professionnelle qui m'épanouisse et dans laquelle je sois libre, je ne veux pas être forcée. »

Elle veut du bien-être dans sa vie privée, rééquilibrer la part consacrée à son métier, avoir des activités hors travail, elle a besoin de se retrouver : « Coordinatrice export, je me voyais *working girl*, j'ai privilégié le boulot jusqu'à me rendre malade, j'ai envie de faire un bébé et je ne sais même pas comment le caser, et je cherche un boulot à mi-temps. Mon ami ne veut pas arrêter donc je dois me sacrifier, il y a un conflit entre vie personnelle et carrière professionnelle », dit Laurence, 32 ans.

Femme de l'après-révolution sexuelle, de l'après-révolution des mœurs, elle fait partie de la génération qui revendique l'orgasme avec pilule et droit à l'avortement, sans aucun tabou sexuel ni aucun interdit, et pourtant la femme de trente ans est souvent seule. Elle a un passé sexuel, ce qui peut se révéler castrateur pour l'homme qui la croise. Elle a vécu des relations qui l'ont meurtrie, qui lui donnent une certaine méfiance par rapport aux hommes. Elle finit par se dire qu'il vaut mieux savoir patienter, plutôt que d'aller tout de suite avec le premier venu par crainte de la solitude. Entourée de beaucoup d'amis qui fournissent l'affection et la stabilité nécessaires, elle est hyperactive professionnellement. Mais elle accumule les histoires « foireuses », par manque d'estime de soi et manque de discernement. D'ailleurs les deux sont intimement liés : une femme qui a une mauvaise estime d'elle-même se tournera vers les hommes susceptibles de mal la traiter afin de trouver dans leur regard une confirmation qu'elle n'en vaut pas la peine.

Intelligente, diplômée, ambitieuse, elle veut tout contrôler, et rester maîtresse de la situation. Elle est une guerrière mais, comme le dit O. Elkaim[1], « en toute amazone dort une princesse qui rêve du Prince charmant ». En fait, elle veut « un homme viril et doux, vulnérable, sensible, sentimental et macho ».

Comme elle a du mal à trouver le Prince charmant, elle le recherche sur Internet : et elle se retrouve sur le supermarché de l'amour, entre l'offre et la demande. Elle écrit à son cyberprétendant, idéalise l'homme et la relation potentielle, est souvent déçue lorsqu'elle le rencontre. Elle attend des hommes qu'ils l'emmènent sur leur cheval blanc. Être raccompagnée, recherchée, recevoir des fleurs, être invitée au restaurant, de temps en temps être prise en charge et voir le quotidien sublimé. Se reposer sur une épaule. Voilà ce qu'elle espère secrètement.

La littérature et les films l'ont aliénée. Dans la littérature, l'amour, c'est la souffrance, la femme seule est le serviteur souffrant de notre société. Elle a trop lu, trop regardé les comédies romantiques, *In the Mood For Love*, *Bridget Jones*, *Love Actually*, trop écouté de chansons comme *L'Envie d'aimer*. Du coup, elle attend le grand amour. Au fond, elle croit encore que l'amour est magique.

Mais plus le temps passe, plus elle est exigeante, et

1. *Amazones ou princesses ? Pourquoi les filles sexy, intelligentes, drôles, libres et fonceuses font peur aux garçons*, Ramsay, 2006.

moins elle est prête à faire de concessions sur sa liberté, et donc moins les relations avec les hommes sont faciles. Elle devient individualiste, organise sa vie autour d'elle-même. Alors elle finit par ne plus sortir, n'essaie même plus de tenter une histoire, cela lui évite des déceptions, et fournit une explication acceptable à sa solitude. Elle réussit à se convaincre qu'elle n'a pas besoin de vie sexuelle et que son épanouissement professionnel, la vitalité de ses amitiés, ses sorties compensent l'absence de vie sentimentale. Alors que tout affiche une réussite éclatante, une faille se creuse à l'intérieur d'elle-même.

La femme de quarante ans : la force nécessaire

Sa chanson c'est *I Will Survive*, de Gloria Gaynor.
Now I hold my head up high
and you see me
somebody new
I'm not that chained up little person
still in love with you
and so you felt like dropping in
and just expect me to be free
now I'm saving all my loving
for someone who's loving me.

Katia S., quarante et un ans, directrice artistique.

Quand j'étais petite, j'étais très fine. À l'adolescence, j'ai pris du poids et j'ai gardé de cette époque une phobie de grossir. J'ai été très complexée par mon corps, bien que celui-ci ne soit pas épouvantable. Ce n'est que depuis quelques années que je m'aime. Mes mollets sont un peu forts, et alors ? Mes seins ne sont plus aussi hauts mais je m'en fiche, car je vois que les hommes me trouvent très séduisante. Mon corps est lui-même, et non pas la copie de ce que je vois dans les magazines. Je ne souffre plus de ne pas avoir la beauté canonique. Avant, je ne me trouvais pas belle, maintenant si. Je m'accepte telle que je suis, et je me plais.

Mes relations avec les hommes sont bien plus simples et bien plus riches qu'avant. Je suis débarrassée de certains idéaux, l'amour parfait, la famille parfaite. Renoncer à ces idéaux est très positif, c'est pour moi une véritable libération.

Sur le plan professionnel, je suis plus compétente qu'il y a cinq ou dix ans, et je comprends que c'est une question de confiance en soi. Maintenant que j'ai accepté qui j'étais avec mes imperfections, je me sens libérée, je n'ai plus de complexes. J'ai perdu l'idée selon laquelle tout doit toujours être parfait. Je n'ai plus peur de ne pas être à la hauteur. J'ai confiance en moi. Je ne panique pas, je ne perds pas pied, je sais me faire respecter dans le travail.

Mes enfants sont une source de joie immense, même si parfois c'est un peu dur, l'organisation n'est pas facile et il y a des crises. Ce n'est pas facile avec deux enfants, mais j'ai trouvé un certain rythme et je me fais aider. Avec mon mari (qui est mon second mari), avec un divorce chacun, nous avons compris ce qu'il ne fallait pas faire à cause de nos échecs passés. Avant j'étais dans l'impatience de l'engagement, maintenant c'est différent, il n'y a plus cette urgence, et j'ai l'impression de n'avoir que les bons côtés de l'amour. On essaye de préserver notre relation, on part en week-end tous les deux pour rompre avec le quotidien.

La vie est dure, on fait des erreurs parfois, et on prend des coups. Mais je suis déterminée à voir les choses de façon positive. Il est très facile de se laisser aller à se dire que tout va mal. Moi j'essaye de me dire que tout va bien chaque jour, même si c'est parce que aujourd'hui je n'ai pas eu de contravention sur ma voiture !

La femme de quarante ans est entrée dans la deuxième partie de sa vie. Elle veut en profiter. Son salaire a augmenté, elle peut s'habiller comme elle le souhaite et se payer un voyage... Elle est arrivée à une bonne estime de soi, elle a réglé ses problèmes existentiels, ses conflits avec sa mère et son père.

Sexuellement, elle est désinhibée. Elle se sent au mieux de sa forme et de la maîtrise de sa vie. Elle est belle : ronde ou frisée, elle s'est acceptée. Elle aime son corps. Elle s'en occupe, fait du sport, s'alimente bien, ne fait pas d'excès, et lorsqu'elle en fait, elle se met aussitôt au régime. La mode l'intéresse, mais elle ne se laisse pas tyranniser par elle. Elle a trouvé son style de vêtements, elle est enfin elle-même. Elle ne se laisse pas parasiter.

C'est l'âge où elle ne se laisse plus faire. Si quelqu'un la maltraite, elle répond : elle a appris à se défendre. Si elle est divorcée, c'est parce qu'elle l'a voulu. Si elle reste en couple, aussi. Son pouvoir de séduction est fort, elle a de l'assurance et on la regarde. Elle est drôle, elle est libre. Si elle n'a pas d'enfant, elle se pose la question d'en avoir ou pas. Elle commence à penser que le temps lui est compté. Elle se dit que, d'ici cinq ans, elle envisagera la chirurgie esthétique. Ses enfants ne sont pas le seul sens de sa vie car elle a une vie sociale riche et épanouissante. Elle leur consacre le temps nécessaire. Le maître mot de cette période de sa vie, c'est l'équilibre. Son équilibre entre les différentes rubriques de sa vie est bien construit : vie professionnelle, familiale, sociale. Si deux de ces rubriques sont attaquées, son édifice s'écroule.

La femme de cinquante ans : la confiance fragile

Sa chanson c'est *Je l'aime à mourir*, de Francis Cabrel.

Elle a dû faire toutes les guerres
Pour être si forte aujourd'hui.

Maggy, cinquante et un ans, dentiste.

Ma contraception est parfaite, je n'ai plus de règles du tout. J'ai l'impression d'avoir quatorze ans, cette fécondité obligatoire me prenait la tête. La majorité des pilules donnaient des règles, un Brésilien a écrit tout un bouquin qui dit que les règles ça ne mène à rien. Pour les hommes c'est mieux, car les femmes sont disponibles tous les jours.

La ménopause c'est pas simple, on se dit, je vais être vieille, ridée, prendre un coup de vieux, et aussi avoir de l'ostéoporose. Avec l'histoire du traitement substitutif, j'ai rien senti, puis j'ai arrêté, j'ai senti que ma peau se plissait un peu, et ça marque un coup, j'ai eu une impression d'âge qui avançait. Je suis très prête, il y a un temps pour tout, un temps pour la fertilité, un temps pour élever ses enfants...

Je ne suis plus dans un rapport de séduction. Je pense qu'on séduit toujours, mais plus du tout de la même façon. Par exemple, les relations avec divers hommes qui ne m'ont pas reconnue le lendemain, avant ça me touchait vachement, maintenant ça ne me touche plus du tout.

Moi j'ai élevé seule trois garçons, et j'ai été obligée de me mettre en ménage avec des gens que j'appréciais moyennement car il faut une identification... Maintenant tout ça c'est fini.

Tania, cinquante-quatre ans, vendeuse.

Un jour, je me suis regardée dans la glace, ce que j'ai vu en face de moi, c'était plus moi. C'est qui cette bonne femme qui a pris douze kilos, qui est même plus jolie, devenue mondaine, à faire des salamalecs à des gens qui ne t'intéressent pas, à qui tu n'aurais même pas parlé en temps normal, à aller à tous les mariages du monde ? Mon milieu, il y avait le poids de l'éducation, des parents. On pensait pas au divorce. Mes amies me disaient : Comment, divorcer ? Mais tu crois que l'herbe est plus verte ailleurs ? T'es folle ? Tu vas perdre ton nom ? Mon nom c'est Tania F., et si je meurs, j'aimerais bien qu'on m'enterre avec ce nom-là.

D'un seul coup quand tu divorces, tu deviens dangereuse, peu de couples amis de ton couple le restent. Bizarrement c'est les gens que t'aimais bien. Même si je suis fâchée avec eux, quelle importance ?

Avec mon mari, il n'y avait que des histoires de fric. Le 11 septembre 2001, j'ai appris ce qui s'était passé à New York. J'ai pris ces images en pleine figure, je suis restée cinq bonnes minutes sans parler, je trouvais ça tellement incroyable, je regardais mon mari qui était en train de gueuler sur ma fille car elle avait quarante-cinq euros de portable en plus, je lui ai dit : mais rien ne t'atteint ? dans cette tour, il y avait des tas de gens... Je ne l'aimais plus mais, ce jour-là, j'ai eu du mépris pour lui. J'ai décidé que c'était fini. Puis j'ai appris une énième liaison qu'il avait eue avec une amie proche. À chaque fois que j'ai voulu le quitter il m'a retenue, tu es la femme de ma vie, disait-il. J'ai rencontré ce garçon qui était différent. C'était la génération Peace Love Rock and Roll. On était très libres.

Je suis restée vingt ans avec le même homme sans le tromper. Après c'est très difficile de se mettre à nouveau à poil devant un mec. Je l'ai fait avec un garçon qui était plus jeune que moi, quinze ans de moins, mais qui avait toujours fantasmé sur moi. Il était divorcé, on s'est retrouvés en vacances, ça a fini dans une chambre d'hôtel.

À cinquante ans, bizarrement on ne plaît qu'aux jeunes. Je ne me fais draguer ouvertement que par les mecs de trente-cinq ans. Les femmes de trente-cinq ans leur font peur, nous on ne veut pas d'enfant. Quelque part on représente l'expérience et la mère.

Puis j'ai retrouvé quelqu'un que j'avais perdu de vue. Là se déclenche la révélation. Au début, je lui ai dit : moi je suis pas très portée sur le sexe, il m'a dit : c'est une plaisanterie, tu as oublié qui t'étais ? D'un seul coup, des choses me sont revenues en mémoire. C'était vrai, en fait. On a fait plein de voyages tous les deux, moi qui avais peur de l'avion, il m'a désinhibée. Il m'a fait venir en Afrique, j'ai pris l'avion, j'ai adoré, j'ai aimé ce pays, l'hospitalité, la chaleur. C'est un amour, une symbiose. Il est plus petit que moi, il est pas beau. On s'aime à la folie.

La femme de cinquante ans marche sur un fil. D'un côté, elle a prouvé ses capacités et elle n'a jamais été aussi épanouie professionnellement. Son assurance est réelle. Son rapport à ses enfants, après avoir été chahuté pendant l'adolescence, est arrivé à une harmonie. Elle a de bonnes relations avec eux, et les voir s'engager dans la vie active est gratifiant car c'est la preuve que le temps et l'énergie qu'elle a consacrés à leur éducation ont porté leurs fruits. Elle est satisfaite de son lieu de vie, son appartement lui ressemble. Elle y est bien. Elle s'intéresse à l'art de vivre, aime dresser une belle table, faire des bouquets. Elle aime les beaux voyages. Elle est dans la pleine existence d'elle-même, en pleine possession d'elle-même. Elle sait apprécier un paysage. Elle est dans une tranquillité profonde. Elle n'a pas besoin de prouver quoi que ce soit à qui que ce soit. Elle apprécie de lire un livre au calme. Elle n'a plus besoin de s'explorer, de se découvrir, elle est elle-même de façon complète. Il ne lui manque rien. Sa situation est établie. Elle s'assume physiquement. Elle sait qu'elle a du charme. Sa personnalité a pris la pleine mesure d'elle-même. Elle n'est plus en demande du regard de la société. En même temps, elle sait que cet état de pleine puissance où elle a toutes les cartes en main est temporaire. Le temps lui est compté jusqu'au moment où tout va basculer.

Elle peut avoir recours à la chirurgie esthétique, se mettre à faire du sport pour lutter contre le vieillissement. Elle vit dans une certaine schizophrénie : un bien-être profond et la terreur que cela ne dure pas. Elle sait qu'elle va prendre de l'âge. Le comportement de son environnement immédiat est capital. C'est le moment dans sa vie où elle perd tout : ses enfants s'en vont, ses parents meurent. Si son mari part, lui aussi, la voilà seule, dans une solitude amplifiée par la non-valorisation et confrontée à un non-avenir. La voilà anéantie, elle qui marchait sur un fil. Elle perd son repère, son existence sociale et sa cellule familiale.

Cependant, elle n'a pas besoin d'être célibataire ou plaquée pour être seule. Elle peut être seule au sein de son couple. La peur de la ménopause la laisse dans un grand désarroi, mais alors que c'est le conjoint qui peut la rassurer, celui-ci a des troubles de l'érection. Avec une partenaire plus jeune, il a moins de problème. Depuis que sa femme occupe un poste de pouvoir, il a l'impression que la balance du pouvoir penche du côté féminin. Cela rend sa femme moins désirable à ses yeux. L'usure du couple n'arrange rien.

À qui peut-elle se confier ? À qui avouer que son mari ne la touche plus ? Cette situation est taboue, surtout après cinquante-cinq ans. Se plaindre de l'absence de sexe est perçu comme une revendication absurde. Car la femme alors ne répond plus aux critères proposés par la société : être jeune, sexy, dynamique.

La femme de soixante ans : une autre femme

Sa chanson c'est *Que serais-je sans toi*, de Jean Ferrat.

Et pourtant je vous dis
Que le bonheur existe
Ailleurs que dans les rêves
Ailleurs que dans les nues
Terre, terre, voici
Ces rades inconnues.

Mireille, à la retraite, soixante-six ans.

J'ai soixante-six ans, je suis passée de l'autre côté du soixante. Je suis arrivée à Toulouse parce que mon époux a trouvé une autre belle, ma vie a changé. Je suis dans une grande expectative par rapport à la vie en couple. Est-ce que ça va avec l'âge ? Je ne me sens pas bien avec quelqu'un pour partager mon espace vingt-quatre heures sur vingt-quatre. Je n'ai plus peur de la solitude, je n'ai plus peur de moi, je me régale de certains moments de mon autonomie, parfois je ne me sens pas bien d'être seule mais c'est avec moi que je suis pas bien. J'ai perdu un de mes fistons il y a deux ans et demi, c'est quelque chose qui colore et décolore tous mes instants. Depuis ce matin, j'ai beaucoup pleuré, j'ai aussi beaucoup travaillé, j'ai une vie remplie, des petits-enfants.

Du point de vue de l'argent, je n'ai pas de problème parce que mon ex-époux a été tout à fait correct, donc je peux vivre convenablement, je peux voyager sans me priver. J'ai consulté des copines de mon âge pour leur demander comment elles faisaient. Elles ont un compte pour les dépenses de tous les jours, les dépenses incompressibles et un autre pour le plaisir. Moi je dépense mes sous. Je dépense à ma guise sans changer mon niveau de vie habituel, qui me convenait. Je me sens très autonome mais en me disant que ça durera tant que mon corps voudra bien rester comme il est, en excellente santé. Je me sens plutôt bien par rapport à mon corps, je n'ai aucun dérèglement. Je fais des randonnées, du ski, de la thalasso. Mon corps est mon partenaire sûr et très aimé. Dans la mesure où le deuil me rend très fragile, je fais très attention. J'ai un mal fou à tenir mon appartement propre, à ranger, mais je n'ai jamais été un foudre de ménage.

J'aime les hommes moins qu'avant, je suis beaucoup plus méfiante que je ne l'ai été, plus exigeante, je me méfie de l'hypocrisie ou de la sournoiserie, très vite je me dégage, d'ailleurs je ne m'engage pas. Je souffre toujours de ma séparation d'avec mon mari. Je suis dans une relation compliquée avec les hommes, je suis une midinette sans les espoirs. Je me pose beaucoup de questions sur ce que c'est qu'aimer quelqu'un et aimer un homme. J'ai l'impression que je ne sais pas aimer, parce que mon ménage est parti en eau de boudin. J'ai mis mon mari à la porte mais si je ne l'avais pas fait, il ne serait pas parti, il correspond à ce schéma des hommes lâches. Je me suis inscrite sur Meetic, mais rencontrer de façon virtuelle quelqu'un dont je sais qu'il cherche une femme, ça enlève la magie de la rencontre. Il n'y a pas de séduction, mais plutôt une désillusion immédiate, le rêve était mieux que la réalité. Alors que j'étais plutôt bien quand j'ai rencontré ces hommes-là. Un des hommes a été anéanti par la rencontre parce que j'étais en chair et en os et il n'était pas prêt, il préférait écrire par internet. Une fois qu'il m'a vue, ça s'est vite arrêté. Apparemment, je suis trop directe. Je vais trop vite à l'essentiel.

La femme de soixante ans se plie à la force des choses. Elle est encore en couple ou seule. Il y a des chances pour qu'elle divorce même si elle est en couple depuis longtemps, car de plus en plus de couples à la retraite s'aperçoivent qu'ils n'ont rien à se dire et ne se supportent pas.

Elle s'amuse avec ses petits-enfants. Si elle n'a pas pu profiter de ses enfants parce qu'elle travaillait, elle s'occupe deux fois plus de sa descendance.

Lorsqu'elle a travaillé, et mené une carrière, elle en garde une certaine fierté. Si elle était femme au foyer, elle est un peu perdue, dans le cas où elle ne peut pas s'occuper des petits-enfants.

Elle s'inquiète de sa santé, de son état physique, elle se fait suivre par les médecins. Elle prend soin d'elle-même, elle s'intéresse aux crèmes, aux suppléments vitaminés, elle fait de l'exercice. Elle vieillit : elle accuse le coup. La différence se creuse à cet âge avec l'homme qui est encore considéré comme séduisant, alors qu'elle est considérée comme une « femme d'un certain âge ». Elle a un peu grossi, a du mal à s'habiller comme avant, ne se sent plus représentée par les médias. Sa peau commence à vieillir, à s'affaisser, elle commence à renoncer : à la sexualité, au couple, à l'amour. Elle déplace ses centres d'intérêt ; sa silhouette ne lui apportera plus de satisfaction. Elle devient cérébrale ou altruiste. Son plaisir, c'est les voyages, les soirées entre amis ou avec les enfants, la bonne chère.

À la retraite, elle se plonge dans la vie associative, essaye de se passionner pour quelque chose si la dépression la menace. Si elle est seule, elle rêve de rencontrer un veuf avec qui elle recommencerait quelque chose, et elle peut devenir une post-adolescente. Son rêve romantique est intact.

La femme de soixante-dix ans et plus : l'heure de vérité

Sa chanson c'est *Que reste-t-il de nos amours*, de Charles Trenet.

Que reste-t-il des billets doux
Des mois d'avril, des rendez-vous
Un souvenir qui me poursuit
Sans cesse.

Michèle, soixante-dix ans, retraitée.

Ma mère rêvait que j'épouse un homme riche, ou du moins qui ait un avenir certain. Je voyais ma mère demander de l'argent à mon père qui ne l'aimait plus, et je considérais que c'était une humiliation. Mon père couchait avec tout le monde. Toutes les amies de ma mère sans exception, une vendeuse, une boulangère, tout y passait. En voyant ce tableau, j'ai ouvert les yeux et je me suis dit : jamais je ne serai à la merci d'un homme. J'ai rencontré un homme que je n'aimais pas, mais il était de bonne famille, et il n'était pas coureur. Je ne l'aimais pas mais on voulait construire quelque chose de solide. Mais il m'ignorait complètement. D'un point de vue sexuel, il me délaissait. Extrêmement gentil et attentif, il me considérait comme une madone, sans me toucher. Je suis restée mariée cinq ans. J'étais malheureuse. Mon premier mari m'a présenté par hasard un homme pour décorer la vitrine de mon magasin. Il était gros, assez culotté, je me suis dit : ce n'est pas avec celui-là que je me sauverai. Ça faisait un contraste assez violent. J'avais vingt-cinq ans, il en avait trente-neuf, c'était un vieux. En plus, il était marié. Il venait tous les samedis, il me déshabillait du regard, ce qui me changeait... sachant qu'il venait tous les samedis, inconsciemment j'attendais son passage. Il était insistant et fantaisiste. Un homme véritable. Au bout de neuf mois, j'ai su que j'étais amoureuse. Il m'a dit qu'il allait m'emmener dans un meublé. J'ai dit jamais, je ne suis pas une prostituée. Il a pris une chambre au Grand Hôtel, il m'a dit de le rejoindre. Je l'ai fait. Tout s'est très bien passé, j'ai eu la confirmation que j'étais normale. Je me sentais désirée. C'était une découverte totale. C'était extraordinaire. Le soir même, j'ai fait des rangements dans des placards pour ne pas me retrouver en face de mon mari. Le lendemain, je lui ai dit que j'allais le quitter.

Mon deuxième mari était fou d'amour et de désir pour moi. Physiquement, j'étais le summum. Il a quitté sa femme, a vécu avec moi pendant quelques années. Sa femme nous a surpris en flagrant délit, ce qui lui a permis d'avoir une pension. Il m'a ensuite épousée.

On a été heureux pendant quinze ans. On a eu deux enfants. Puis il a souhaité que je vende mon commerce pour mettre de l'argent dans sa société mais j'ai refusé, et il m'en a voulu terriblement, comme il m'en a voulu de ne pas vouloir me marier sous la communauté. Ça a été des insultes. Je me suis refusée à lui, il m'a battue mais je n'ai pas cédé. Je ne suis pas partie de la maison à cause de mes enfants, au moins ils avaient leur père et leur mère. Je me disais : tant que ça dure, pour eux, c'est mieux. C'est une façon de raisonner...

Neuf ans plus tard, j'avais acheté un appartement dont je payais le crédit, et je l'ai loué à quelqu'un qui est devenu mon amant. Il était aussi marié. Je venais d'avoir quarante et un ans, j'avais l'impression d'être très vieille. Mais finalement je suis passée à l'acte. J'ai eu le sentiment d'une réhabilitation totale par rapport à mon mari qui me rabaissait. Ça a duré vingt ans.

Finalement, c'est mon mari qui a demandé le divorce. Au moment du divorce, on voulait m'enlever l'utérus à cause d'un fibrome. Le médecin voulait m'enlever tout mais j'ai refusé pour ne pas perdre ma féminité.

La relation avec mon amant s'est arrêtée lorsque j'ai eu cinquante-cinq ans. S'il avait été libre, je l'aurais épousé car je l'aimais suffisamment pour faire des concessions.

À mon âge, c'est une surprise de séduire, on pense qu'on a moins de chances, et pourtant on en a autant, sinon plus. Quand on est jeune et belle, on a l'embarras du choix. Plus tard, quand on avance en âge, on sait qu'on n'est pas un canon de beauté, l'important est de ne pas s'ennuyer et que l'autre ne s'ennuie pas, on a de l'expérience et on peut le surprendre. On est beaucoup plus conscient de ce qui nous arrive, donc on profite beaucoup plus et finalement on s'aperçoit que si c'est différent, on a le même plaisir sexuel, sinon plus, auquel s'ajoute le plaisir intellectuel, psychologique, une fois que les hommes on en a fait le tour, ils sont plus faciles à cerner, ils sont très simples. On sait comment les étonner, c'est la conversation qui peut amener à beaucoup de choses, une façon d'être qui fait qu'on a un mystère. La sexualité est importante parce que le travail est relégué au second plan, la carrière est faite, les enfants sont adultes, les petits-enfants ne prennent pas beaucoup de temps, on a le temps de rêver, de se laisser aller... et on a le double plaisir de la surprise parce qu'on ne pense pas qu'à cet âge-là on va vivre quelque chose sur ce plan-là. On rajeunit, ça donne confiance en soi, ça ouvre une perspective dans la vie. L'autre est le reflet de son image, donc ça embellit, ça équilibre. On est valorisée. On s'autorise toutes sortes de préambules auxquels on ne pensait pas quand on était jeune, il y a beaucoup de tendresse, un rythme différent.

Les hommes, c'est comme les femmes et comme les restaurants, il y en a des bons et des mauvais. Mon parcours ne m'a pas du tout dégoûtée des hommes. Ces divorces m'ont permis de rencontrer plusieurs hommes très différents, c'est enrichissant. Un seul, ç'aurait été très beau mais c'est extraordinaire d'avoir connu cette diversité. L'indépendance je la comparerais à une assurance. C'est pour se préserver d'une part, d'autre part quand on travaille chacun part de son côté le matin, et on se retrouve et c'est toujours bien de se retrouver et de ne pas être toujours collés. On se vide la tête et on relativise parce que le travail est un dérivatif suprême, qui donne des échanges, des contacts, des perspectives, des objectifs, ça ouvre l'esprit, on confronte ses idées, on rencontre des gens, ça valorise, ça stimule.

Les pieds sur terre et la tête dans les étoiles. J'ai le sentiment que toute ma vie je l'ai passée à me prouver que j'étais capable de faire les choses. Ma devise c'est : courage, persévérance, confiance et travail sur soi, pour croire en soi et croire en l'avenir, prendre les choses comme elles sont et ne pas vouloir les changer, prendre ce qui convient et ne pas vouloir aller là où on n'a pas sa place, ne pas perdre son temps. Construire et vouloir. Et être en accord avec soi-même.

De même qu'à quarante ans la femme a laissé de côté tous les complexes qu'elle avait à vingt ou trente ans, la femme de soixante-cinq ans s'est débarrassée de tous les complexes survenus à la cinquantaine. Une nouvelle forme de sensualité apparaît. La peau devient un lieu d'échange et de plaisir. C'est l'âge aussi des petits-enfants. C'est l'âge du réinvestissement de soi, des autres et du monde.

Cette femme, confrontée à sa réalité biologique et chronologique, a repris le dessus. À soixante-dix ans, c'est une nouvelle femme de quarante ans. À nouveau, elle est bien dans sa peau, elle s'accepte, et mieux, elle s'aime. Elle comprend que la vie est trop courte pour ne pas avoir confiance en soi.

La femme de soixante-dix ans qui n'a pas de vie

sexuelle se tourne vers les loisirs, la musique, les livres, la nature et vers sa maison. Mais elle garde ce besoin d'exister par rapport à quelqu'un qui la regarde, avec qui partager, discuter. Elle a toujours besoin d'aimer pour se donner.

La femme de quatre-vingts ans a moins de chance : ou elle est dans une maison de retraite, ou elle est à l'abandon chez elle.

Voilà. Sa vie est derrière elle, tout est joué. Mais si le lien est établi avec l'autre génération ou avec la suivante, la perspective d'avenir que ses petits-enfants ou ses filleuls représentent met son cœur en joie : ils sont un peu d'elle qui survivra et passera le relais. Si ce lien se maintient, cette fin de vie est heureuse.

La fin du corset invisible ?

Si le féminisme a été un progrès incontestable de la condition féminine, il a eu des effets pervers qui plongent la femme dans une situation historiquement inédite et invivable. La société lui inflige le défi quotidien d'être la femme parfaite, l'épouse parfaite, la mère parfaite, la salariée parfaite, le corps parfait. Rien ne lui est pardonné, tout lui est demandé, et reproché.

Le féminisme n'a pas seulement échoué dans sa tentative de libérer la femme en la sortant du foyer, il lui a brisé les genoux en lui imposant le champ masculin en plus de la sphère qui lui était traditionnellement dévolue, le foyer.

En « libérant la femme », le féminisme l'a enfermée dans une multiplicité de rôles qui sont incompatibles les uns avec les autres, et même contradictoires : travailler et s'occuper des enfants, gagner de l'argent et être épouse, faire le ménage et être séduisante le soir, être enceinte et être mince. Les femmes occupent tous les rôles. Or ces rôles ne peuvent être tenus de façon concomitante, ni même l'un après l'autre.

Aujourd'hui, la femme doit être un homme et être

une femme. Personne ne peut être deux humains à la fois. Pourquoi l'exiger de la femme ?

Nous avons rencontré des femmes prises au piège, mais toutes admirables par leur courage, leur volonté de s'en sortir, leur persévérance, leur générosité. Des femmes matures qui s'interrogent, des femmes qui n'ont pas envie de se résigner. La condition féminine aujourd'hui n'est plus définie par la soumission et le problème du pouvoir, mais par le corset invisible que chaque femme porte en elle. Il faut à présent qu'elle lutte pour sa survie, qu'elle lutte pour être enfin elle-même, à tout âge, qu'elle lutte contre elle-même et contre la société pour sortir du corset invisible.

La femme féministe n'est plus. La femme d'aujourd'hui a dépassé le cap de la lutte contre l'homme. Elle a besoin de l'homme. Même les femmes les plus fortes en apparence nous l'ont confié : elles donnent l'impression de tout maîtriser, mais elles ont besoin de l'homme.

La situation de la femme peut changer : non par des actes guerriers mais par une révolution, qui doit se mener à deux. Non, cette fois il ne suffira pas de brûler les soutiens-gorge. Il faut que la société s'engage pour défaire ce corset invisible. Pour libérer la femme, il faut libérer la société tout entière – et donc libérer l'homme.

REMERCIEMENTS

Nous tenons à remercier tout d'abord Frank Tapiro sans qui nous n'aurions pas écrit ce livre. Il nous en a donné l'impulsion, nous a soutenues tout au long de ce travail. Il a été pour nous une source d'inspiration constante.

Nous tenons aussi à remercier pour toute l'aide qu'ils nous ont apportée, pour leur disponibilité, leur écoute et leurs précieuses lumières :

Delphine Murat, Bernard Werber, Florence Godfernaux, René Frydman, Charles Tibi, Maurice Mimoun, David Picovski, Muriel Flies-Trèves, Janine et Armand Abécassis, Michèle et Michel Bongrand, Joël Abécassis, Stella Abécassis, Martine Perez, Sandra Jeannin Lévy, Stéphanie et Xavier Lataillade, Emmanuelle Mimoun, Capucine Messas, Ethan Messas, Edgar Brossollet, Agnès Abécassis, Rose Lallier, Philippe Feinsilber, l'association SOS Préma, Geneviève Delaisi de Parseval, Claude Didierjean-Jouveau, la Leche League, Mireille Mazoyer-Saül, Ornela Vorpsi, Audrey Ogier, Chantal Jouannaud, Maggy Nataf,

Sophie Berville, Tania Sebbag, Aurel Messas, Marie-Christine Laznik, Katerina Geislerova, Linda Hardy, Jean-Arnaud Dyens, Katia Raïs, Philippe Bongrand, Michèle Moulin, Dominique Zemiro, Valeh Doraghi, Florence Chetrit-Guez, Béatrice Vignolles, Monik Djian, Marité Blot, Anna Marzen, Ramona Bejan, Fernando, Hurtado Lopez, Sigrid Pabst, Kathie Kriegel, Claire Romi, Linda Bismuth, Sarah Oustric, Morelle, de la boutique Yoba, Clémentine Portier-Kaltenbach, Avi Schneebalg.

Ainsi que :

Deborah, Isabelle, Jennifer, Sarah, Pauline, Thierry, Cécile, François, Blanche, Paule, Stéphanie, Alexandre, Manu, Béatrice, Morgane, Katia, Marylou, Emmanuel, et toutes celles et tous ceux que nous avons interrogés dans les taxis, dans les restaurants, dans la rue, dans les instituts de beauté, dans les salles d'attente ou dans les grands magasins.

Table

Composition réalisée par NORD COMPO

Achevé d'imprimer en avril 2008, en France sur Presse Offset par
Maury-Imprimeur - 45330 Malesherbes
N° d'imprimeur : 137126
Dépôt légal 1re publication : mai 2008
LIBRAIRIE GÉNÉRALE FRANÇAISE - 31, rue de Fleurus -75278 Paris Cedex 06

31/2453/4